双葉文庫

居眠り磐音 江戸双紙

荒海ノ津

佐伯泰英

目次

荒海ノ津　居眠り磐音　江戸双紙

第一章　隠居老人

一

早暁、流れから靄が湧き上がっていた。薄墨を流したような風景の中で人影が動いていた。引き潮の川で蜆でも採る漁師か。

海から寒風が吹きつけてきた。どことなく異国の匂いを感じさせる風だった。古くは那津と呼ばれた地は大宰府の外湊として栄え、明国との交易の拠点で博多商人を生んだ町だった。

坂崎磐音は中ノ橋の上から平城を眺めた。

黒田氏五十二万石の福岡城、別名舞鶴城だ。

城下は中世以来の商人の町博多と、黒田氏によって新たに建設が始まった武家地福岡の、「両市中」によって成立していた。

徳川幕藩体制を通じて福岡の地を領有してきた黒田氏は関ヶ原の戦いで徳川家康に与し、小早川秀秋を西軍から東軍に寝返らせた功績などにより筑前一国が与えられた。

磐音が立っているのは福岡城下と博多を結ぶ中ノ橋（中洲）であった。だが、博多にも侍屋敷がないわけではない。櫛田神社の北側にある武家屋敷の藩士らだろう、橋の上に立つ磐音に訝しげな視線を送って早々に橋を渡り、城下へと姿を消していく。

明け六つ（午前六時）の時鐘が川面に響き、磐音は城下に向かって歩き出した。

数日前、磐音とおこんはひと月余り滞在した豊後関前城下を発ち、臼杵道から鶴崎に出て日田往還を辿った。さらに西国九州の東西に走る秋月街道、長崎街道を横切るようにして薩摩・日田街道に出ると博多の町に到着した。

旧暦十月、おこんを連れての初冬の旅だ。

山路に湯治宿があれば泊まり、移り変わる景色を悠然と楽しみながらの道中だった。

おこんと坂崎家の家族との対面、先祖の墓参を無事済ませ、思いがけないことに仮祝言まで済ませて心置きなく故郷をあとにした二人だった。

磐音は関前滞在中に起こった関前藩の騒動に絡み、博多の大商人箱崎屋次郎平と知り合った。

江戸の両替商六百軒を束ねる両替屋行司の今津屋とも昵懇という箱崎屋九代目の主から二人は、

「帰路、おこん様ともども、しばし博多に立ち寄ってはいただけませぬか。歓待申します」

と強い招きを受けていた。

二人は江戸を長いこと留守にし、帰心が募っていた。だが、父正睦が、

「磐音、無理にとは申さぬ。博多に立ち寄ることはできぬか」

と旅仕度をする磐音に言葉を発したことに考えを変えた。

正睦の表情には苦衷が見えたからだ。

関前藩は財政改革の途次にあった。今後、箱崎屋の協力があれば再建をより強

固なものにすることができる。磐音が箱崎屋の願いを聞き届けてくれれば関前藩と箱崎屋の結び付きはより深いものになる、正睦の表情にはそんな願いが色濃く漂っていた。

正睦の苦労の一端は、本来坂崎家の嫡男磐音が負うべきものであった。

磐音はおこんと相談し、筑前福岡に立ち寄ることを決断し、博多に到着したところだった。そんなこともあり、関前出立が予定よりだいぶ遅れた。

そのせいで、道中の後半の山道で雪に見舞われ、おこんが軽い風邪を引いて博多に辿り着いた。

箱崎屋の先祖は、徳川以前から博多を拠点に安南、呂宋に大船を走らせて海外交易に従事したとか。むろん小早川家が領有していた時代からの博多商人であり、黒田長政が入封した後も黒田家の新しい城造り城下造りに協力して御用達商人の地位を確固たるものとしていた。

店は官内町の辻にあって、商いは今津屋同様の金融業の両替商から廻船問屋と手広かった。

店構えを見ただけで、

「黒田が支える舞鶴城、博多商い箱崎屋」

と言われる威勢が知れた。

次郎平は、磐音とおこんの訪問を心から喜んでくれた。だが、おこんの顔に疲れが見え、風邪を引いて体調を崩していることを磐音から聞かされると、

「そりゃいけん」

と二人の逗留場所に決めていた官内町の店奥の本宅から少し離れた御笠川河畔の別宅へと変え、そちらに案内すると医師まで呼んでくれた。

関前滞在の気疲れから生じたと考えられる風邪だ、数日静養すれば治るとの医師の診立てだった。

「おこん様、この家にはたれも来ませんもん。江戸の今津屋様の御寮とでもお考えになってくさ、ゆっくりと体を休めてつかあさい」

と次郎平自ら気遣いを見せてくれた。

人の出入りが多い箱崎屋の滞在ではおこんの風邪も治るまいと考えて、別宅逗留を整えてくれたのだ。

箱崎屋の別宅は白魚も上がるという風光明媚の眺めを取り入れて造られたもので、普請も地形を利して工夫が凝らされ、渋い造りの中にも贅が尽くされていることが磐音にもわかった。なにより女衆がおこんの旅の疲れを解すように気配り

してくれた。

数日別宅で静養したおこんも疲労が癒え、風邪も治りかけていた。

磐音は一人だけでまず箱崎屋に挨拶に行こうかと考えていた矢先、次郎平が別宅に姿を見せた。

「坂崎様、おこん様、風邪の具合はどげん按配やろうか」

「次郎平様、お蔭さまでもう治りました」

「それはよかった。ばってん無理はいかんたい」

と頷いた次郎平は、

「うちでんたい、女衆が今小町のおこん様の博多到着ばくさ、首を長くして待ち受けておりましたもん。早う治ってくださいまっせ」

と労ってくれた。

「次郎平様、私も皆様にお目にかかるのを楽しみにしております」

「江戸に比べれば、博多の町は小そうございましょう。ばってん、玄界灘の魚は美味しゅうございますしな、見所もこれでなかなかございますもん」

次郎平はこれからの予定をあれこれ話してくれた。

なんとなく次郎平は話があって別宅に顔を出したように思えた。

「箱崎屋どの、われらが別宅逗留に差し障りが生じたのであれば、忌憚なく言うてくだされ。いつでも旅籠に移ります」

「坂崎様、そげん失礼なことを次郎平は考えておりまっせん。ばってん、確かにちいとお願いの筋がございましてな、罷り越しました」

と困惑の表情で言った。

「願いの筋とは何でござろうか」

「昨日のことでございますもん。坂崎様のことをくさ、ついぺらっとたい、うちの番頭の一人が吉田様の屋敷でくさ、喋っちもうてたい。それでくさ、城じゅうにくさ、坂崎様博多逗留のことが知れましたもん」

「吉田様とはどなたでございますか」

「吉田久兵衛保年様は前の国家老、ここでは当職と呼ぶ重臣にございますもん。宝暦・明和の藩改革に手腕を見せられて大いに功績がございました。そん後、明和九年（一七七二）に隠居されてくさ、ただ今悠々自適のお方にございます」

「藩の重臣がそれがしに御用でございますか」

「吉田様はなかなかの剣術好きでございまして、江戸は神保小路直心影流佐々木玲圓どの門下の逸材が博多滞在とあらば、どうしても藩道場で妙技を見物したいと申されましてな、それがしは七十の高齢ゆえ、明日死んでもおかしゅうない、それに気が短い。明朝にもお膳立てせよと申されたげな。番頭が最前、店に戻ってきてくさ、私に軽口ば平謝りに謝りますばってん、吐いた唾は口には戻りまっせんもん」

「箱崎屋どの、明朝、藩道場に伺えばよいのでございますか。造作もないことです」

「坂崎様、無理な願いば聞いてもらえますと」

「それがしもこのところ体を動かしておりませぬ。汗を流したいと思うておりましたが、この界隈は清雅な別宅ゆえ、剣や木刀を振り回す武骨を遠慮しておりました」

「ああ、安心しましたばい。こいで坂崎様に断られたらくさ、どげんして吉田のご隠居に言い訳ばしようかと、考えば巡らして参りました」

と次郎平が安堵の顔を見せた。

次郎平は箱崎屋の奉公人を案内に立てると言ったが、城下を散策しながら藩道場を訪ねるので場所を教えてほしいと頼んだ。

「大手門前の武家地の一角にございますたい」

「ならばすぐに分かりましょう」

次郎平が描いてくれた絵地図は懐に入っていた。

福岡城は慶長六年から十二年（一六〇一〜〇七）にかけて黒田孝高と長政父子によって築かれた。選ばれた小高い岡の西方に大池、東に那珂川、北は玄界灘に面して自然の防御となし、四周は水路で連絡を取ることができた。
岡の中央に本丸を配し、東に東の丸、二の丸、水の手を、南に南の丸、西に三の丸を設け、その周囲に外郭を構えた。

その広さ、東西二十町、南北十町余。周囲はおよそ二千六百五十間、総面積八万坪。場内各所に四十八の櫓があったが、天守は設けられなかった。

その代わりに高さ七間半の天守台があった。

大手門は潮風が匂う城の北側にあった。分からなければたれぞに訊こうと思ってきたが、いきなり竹刀の音が聞こえてきた。

両番所付きの長屋門も堂々として、さすがは西国の雄藩の藩道場の格式を見せていた。

門番の老爺に、

「吉田久兵衛様のお招きで参じた坂崎磐音にござる。お取次願いたい」

と断ると、

「坂崎様、吉田のご隠居様は半刻（一時間）も前に到着なされて、式台にうろちょろたい、姿を見せて、まだ来られぬかと何度も訊きよりますもん」

と式台まで案内した。そして、

「坂崎様、ご到着にございますばい」

と大声を張り上げた。

若侍が二人飛んできて、一人が、

「坂崎様」

と叫んだ。

「おおっ、そなたは小埜江六どのではないか」

福岡藩に見知った顔などあるまいと思っていたが、一年半ほど前まで江戸勤番を仰せ付かり、佐々木道場に門弟として通っていた小埜江六の懐かしい顔があった。

「福岡藩にそなたがおられること、失念しておった」

「それがし、あまり熱心な門弟ではございませんでしたから」

と苦笑いした小埜江六は、松平辰平や重富利次郎らの仲間で、年は二、三歳上だと磐音は記憶していた。

「つもる話はあとでお聞かせください。最前から吉田様がそわそわとして落ち着かれませぬ。まずはご挨拶を、坂崎様」

と江六ともう一人の若侍が案内に立った。

身のこなしから見て、なかなかの剣術巧者と推察された。

福岡藩の剣術は新陰流が中心で、阿部流、二天流が盛んだったが、直心影流は伝わってない。

四百畳は優にありそうな道場でおよそ二百人の家臣らが打ち込み稽古を展開していた。

磐音は静かにも胸が高鳴り、五体が熱く燃え上がるのを感じた。

(やはり剣道場こそそれがしにふさわしい)

見所では重臣と思しき数人が稽古を見物していたが、その中に白髪を小さな髷に結った老人がいた。福岡藩の改革を成し遂げたという吉田久兵衛だろう。痩せて小柄な体から覇気が漂い、眼光は鋭かった。

「おお、参られたか」

坂崎磐音は見所下に平伏し、

「江戸は神田神保小路直心影流佐々木玲圓門弟、坂崎磐音にございます。吉田様にございますか」

「それがし、隠居の吉田久兵衛じゃ。坂崎どの、よう福岡に参られたな」

「それがし、関前に墓参に参り、箱崎屋次郎平どののお招きでご城下に参りました」

「聞いた。そなたの父御は関前藩の国家老坂崎正睦どのじゃそうな。面識はないが、関前藩を見事に立て直された手腕、箱崎屋の番頭に聞いて感心しておるところじゃ。当家も関前藩を見習わねばなるまいとな、この者たちと話をしておったところでもあった」

「恐れ入ります。ですが、関前の財政改革は未だ途次にございますれば、正念場はこれからかと思います」

磐音の返答に、

「坂崎どのは次男かな」

と訊いたのは壮年の武家だった。

「坂崎どの、この者、当家大組頭の瀧内正五兵衛でな」

「瀧内様、それがし嫡男にございます」

「不躾ながら、坂崎家を継がれぬのでござるか」

「ゆえあって五年前、それがし関前を離れましてございます。不肖の嫡男にございます、瀧内様」

「瀧内、おぬし、初めての対面に身許調べまでいたす所存か」

「ご隠居、お許しくだされ。それがし、さる筋から坂崎どのが佐々木玲圓先生の跡目を継がれると聞き及びましてな、お尋ねした次第です」

「なにっ、当代一の剣客と評判の佐々木玲圓どのの跡目に、そなた、なられるか」

「まさか、福岡の地でそれがしの身が噂に上っていようとは、努々考えもせぬことでした」

と磐音が答え、かたわらに控えていた小埜江六が、

「瀧内様、それがしもそのこと、佐々木道場の朋輩より書状で知らされております」

と言い添えた。

「佐々木玲圓どののお眼鏡に適うた御仁の剣、とくと拝見いたしたい」

と吉田久兵衛が待ちきれぬという顔で言い出した。

その言葉を待っていたかのように、稽古着の人物が見所下に姿を見せた。

「坂崎どの、藩道場指南有地内蔵助(ゆうちくらのすけ)にござる」

とにこやかに笑いかけた。

「有地先生、それがし、坂崎磐音と申す若輩者にございます。道場での稽古、お許しください」

「許すも許さぬも、吉田のご隠居の願いを断れる家臣はおりませんでな。当道場を神保小路の佐々木道場とお考えになり、福岡逗留中、お通いくだされ」

「有難きお言葉です」

「小埜に坂崎どのの体格を訊いてな、稽古着を用意してござる」

「旅の最中ゆえ稽古着を持参しておりませず、どうしたものかと思案していたところにございます。お借りいたします」

という磐音の返事に有地が、

「小埜、坂崎どのを控え部屋に案内(あない)せよ」

と命じた。

控え部屋には真新しい裁っ着け袴と刺し子の稽古着が用意されてあった。

「小埜どの、この稽古着、袖も通されておらぬようだが、ご門弟が着込まれたものはござらぬのか」

「吉田様が有地先生に、佐々木玲圓といえば将軍家の隠された指南番である。その高弟を迎える以上、粗相なきようにいたせと使いをくだされての細かい注意がございました。有地先生とて佐々木先生の令名は承知、門弟の端くれにございました私を呼んで坂崎様のことなどをあれこれと尋ねられ、吉田様のご注意と合わせ、この稽古着を用意なされたのでございます。どうかお二人の意をお汲み取りになって自由にお使いください」

「恐縮にござる」

磐音は丁寧に畳まれた稽古着を広げると、襟などを手で揉み解していった。

幾重にも太木綿地を重ねて刺し子に作られてある。そのようなごわごわの襟が肌に擦れることがあった。そこで揉み解したのだ。

「小埜どの、さすがは西国の雄藩の藩道場にござる。有地先生以下、ご門弟衆の面魂もさることながら、皆様の汗の染みた道場は年輪を重ねた風格に満ちております。それがし、感服いたしました」

「門弟衆の中には隙間風（すきまかぜ）道場と揶揄（やゆ）される方もございますが、私は好きです。とは申せ、床の張替えをしても根太（ねだ）が傷んでおりますゆえ、すぐにがたつきます。そこで近々、文武を鍛錬する新道場ができるという話です」

と答えた江六が、

「佐々木道場も増改築がなり、その名も新たに尚武館（しょうぶかん）の道場名が付いたそうですね」

「小埜どの、次に上府の折り、ぜひ稽古に立ち寄ってくだされ。見違えるほど立派な道場になりましたぞ」

「はい」

と答えた江六が、磐音になにかを言いたそうな表情で迷っていた。

二

「なんぞ当道場の稽古について仕来りなどあれば教えてくだされ」

と磐音から問うた。

「道場の稽古に佐々木道場とそう違うところはございませぬ。ただ……」

「ただ、どうなされたな」

磐音は揉み解した稽古着にすでに着替えて、立ち上がって動きを確かめていた。

磐音の体格などを勘案して用意された稽古着だ、身丈も肩幅もぴったりとして動きやすかった。

「尚武館佐々木道場の柿落としの剣術試合で坂崎様が第一位に輝かれたこと、この福岡にも伝わっております」

「なんと」

磐音は驚いた。

「あの日、出場なされた剣術家に、当家信抜流の黒澤源信様がおられたのを憶えておられますか」

「おおっ、黒澤様は福岡藩江戸屋敷勤番でございましたな」

黒澤と対戦したのは、佐々木道場の師範本多鐘四郎だ。

鐘四郎は立ち合いの瞬間から攻めて攻め抜き、黒澤の体が崩れたところを面に仕留めて勝っていた。

「黒澤様が剣術仲間に、佐々木道場恐るべしと当日の大試合の模様を書状に認めてこられたので、当地では諸々佐々木道場への関心が湧いていた最中に、坂崎様が参られたのです」

「そのようなことがあったのですか」

「吉田のご隠居様は大の剣術好きにございまして、城下に名のある方が参られますと自らの屋敷に設けられた修養館に招き、腕達者な家臣に相手をさせたりなさるお方です。隠居なされた後はさすがに修養館に招かれることはございませんが、今朝は格別張り切っておられます。必ずや坂崎様の稽古相手は決められているかと存じます」

稽古相手とはいいながら、坂崎磐音の技量を計る試合と考えたほうがよいであろう。

「承知しました」

磐音があっさりと答え、

「小埜どの、そなたはそれがしの相手に選ばれそうかな」

「坂崎様、それがし、江戸にあるとき、真剣に佐々木道場に通うて稽古に励むべきであったと常々悔いております。なにしろ当家は佐賀藩と隔年で長崎湊の警固を務める藩にございますれば、武辺の家臣が多うございます。当然のことながら千人番所に選ばれた藩兵は厳しい訓練の後、長崎行きに送り出されるのです。当道場は長崎帰りの猛者が門弟の中心にございまして、それがしなど、未だひよっこ扱いにございます」

「それは楽しみな。参ろうか」

磐音が促して道場に戻った。すると稽古は一時中断されて、いまや二百人を超えた門弟は左右の壁際に分かれて粛然と座していた。さらに見所の前に十人ほどの門弟が控えていた。

対戦者か。

磐音は改めて見所の神棚に拝礼し、道場指南の有地に稽古着の礼を述べた。

「ぴったりでござるな」

「わが身に合わせて仕立てられたようでございます」

「結構結構」

と笑みで応じた有地が、

「坂崎どの、小埜から聞き及んだやもしれぬが、佐々木玲圓先生の後継を福岡に迎えたのじゃ。漫然とした稽古ではいかぬ。そなた直々に玲圓先生直伝の直心影流の力と技の真髄を習いたいものと、当道場の門弟十人を選んでおき申した。まずは肩慣らしに稽古を付けてもらえぬか」

「未熟者にございますが、よしなにお願い申します」

磐音は素直に受けた。

小埜江六が磐音のかたわらに竹刀を持参した。これもまた新しい用具で、汗一つ染み込んでない。

「お借りいたす」

磐音は借りた竹刀を手に軽く素振りを繰り返した。

関前城下からの道中、おこんの身を思い、出立を明け六つとした。それまでの間に一刻半（三時間）ほど暗がりの庭先などで体を動かしてきたが、立ち合い稽古は久しぶりだ。

「お願いいたします」

磐音の声に有地内蔵助が頷き、

「一番手、平林豹助（ひらばやしひょうすけ）」

と呼んだ。すると江六とともに玄関先まで迎えに出た若侍が、十人の選抜者の中から姿を見せた。

磐音と平林豹助は改めて会釈をし合い、左右に分かれて道場の中央へと進んだ。

剣道場内が、

しいん

として水を打った気配で、息遣いさえ憚られた。

磐音と豹助は見所に向かい、一礼した。

そのとき、磐音は、吉田久兵衛が身を乗り出すように磐音の一挙一動を眺めている姿を見た。

だが、豹助に向き直ったとき、磐音の脳裏からすべての雑念が掻き消されていた。

剣道場に立ち、同好の士と竹刀を交える喜びだけが胸に静かに弾けていた。

「お願い申します」

紅顔を留めた豹助の顔がさらに紅潮し、緊張の思いを解すよう二度三度と深呼吸をした。

有地は見所下から動かない。

つまりは磐音と豹助の立ち合いは稽古ということであろう。立ち合う二人の判断にすべてを委ねていた。

磐音は左手に提げていた竹刀をゆったりと上段にとり、正眼へと下ろした。

その瞬間、

ぴたり

と形が決まっていた。

吉田久兵衛の口から、

「ふーむ」

という声が洩れ、道場に響いた。

豹助も磐音を敬うかのように相正眼にとった。

互いの目を見合った。

豹助は、春先の縁側で年寄り猫が日向ぼっこをしているが如しと評されてきた磐音の構えに初めて接し、戸惑いを覚えた。

(これが当代一の剣客佐々木玲圓が選んだ後継か)

まるで戦意を感じさせなかった。

だが、同時に懐が深いとも感じ入った。

「ええいっ」

自らに気合いをかけた豹助は間合いを正面から詰めていった。

先輩諸氏には、

「豹助、おまえの役目は坂崎磐音の力と技をわれらの前に披露することだぞ。勝ちを得ようなど功名心で動くな」

と厳しくも命じられていた。

だが、動き出した瞬間、そんな言葉は吹き飛んでいた。

(佐々木玲圓、なにするものぞ。坂崎磐音も人の子、付け入る隙(すき)はあるはずだ)

そんな思いが若い豹助を突き動かしていた。

「面!」

しなやかな体の運びで伸びやかな上段からの面打ちが磐音を襲った。

軽く払った。

豹助の弾かれた竹刀が小手に回った。

それも弾き返された。

豹助は休むことなく攻め続け、磐音を動かそうとした。だが、道場の床の上で躍っているのは豹助で、磐音は泰然自若、最初の位置からさほど動いてはいなかった。

攻めに攻め抜いた豹助の動きがぎこちなくなり、体の均衡も竹刀の扱いも乱れてきた。

「ふうっ」

と小さく息を吐いた豹助が、得意の面から胴への二段打ちで迫った。

面が弾かれ、胴へと移行した。

それを読み切った磐音の竹刀が小手を叩き、豹助の手から竹刀が飛んで床に転がった。

その瞬間、豹助が数歩飛び下がり、

がばっ

と床に伏せると、

「参りましてございます」

と敗北を認めた。

見物の一同から静かな溜息が洩れた。

「二番手、東面三郎助」

豹助に替わった相手は身丈が五尺三寸余か、足が蟹股で短い。それだけに安定のいいどっしりとした腰をしていた。その上、胸板も厚く、顎が張っている。

磐音と東面三郎助は三間以上の間合いで頭を下げ合った。

磐音の立つ位置は変わらない。

東面がその間合いを望んだのだ。

磐音は正眼、東面は上段で構え合った。

「えええいっ！」

東面の口から裂帛（れっぱく）の気合いが洩れ、上段が中段へと落ちて突きの構えになった。竹刀の先は、

ぴたり

と喉元（のどもと）を狙（ねら）っていた。

その瞬間、場内に、

「おおっ」

という声が洩れた。

「三郎助、得意の突きに勝負を賭（か）けおったぞ」

「客人に無礼ではないか」

「試合ゆえ致し方なかろう」

東面が背を丸めた異様な構えのまま爛々（らんらん）と光る眼光で磐音を睨んだ。

磐音は微動だにしない。

大きな目標に向かい、鞠（まり）のように跳ねた。弾んだ体ごと竹刀が下から上方へと

伸びて磐音に迫った。
正眼の磐音は東面の突きを引き付けるだけ引き付け、竹刀の先端から三寸ほどのところを弾くとその竹刀が反転して、東面の面をしなやかにも打撃した。
がっちりとした下半身の東面の両膝(ひざ)が、
がくん
と落ちてその場に沈み、その後、横倒しに転がった。
磐音はすうっと下がり、相手の出方を待った。
東面はなにが起こったか分からぬ顔付きできょろきょろと辺りを見回し、
がばっ
と跳ね起きると、
「参りました」
と磐音に平伏した。
場内に初めてどよめきが起こった。
「三番手、上巻兵衛(あげまきひょうえ)」
堂々たる体格の壮年の上巻は、先鋒次鋒(せんぽうじほう)の二人が敗れたことなど歯牙(しが)にもかけぬ落ち着いた挙措で磐音の前に進み出て、一礼した。

「ご指導賜りたい」

「こちらこそ」

二人は正眼に付け合った。

一拍二拍、互いの呼吸を読み合った上巻が間合いに踏み込んできた。

磐音は上巻の攻撃が小手と見せて胴を抜く変化を読んで、

「胴！」

と後の先で上巻の胴を襲った。一見軽い打撃と思われた竹刀が上巻の太い胴に絡み付いて、横手に数間も飛ばした。

「参った」

上巻は起き上がる前に叫んでいた。

「四番手、満吉季平次」

満吉は六尺二寸の痩身で、年は三十前後か。

左利きと見えて左肩前に長い竹刀を立てた。逆八双の構えに類似していたが、天を突き上げる構えは独特だった。

磐音の最初からの立ち位置は変わらず、正眼の構えもそのままだった。

満吉の立てた竹刀が下ろされ、また突き上げられた。その動きはゆったりとしたもので、満吉の気性を表しているようにも思えた。

緩慢と思える動きが延々と繰り返され、満吉自身の闘争心を高め、攻撃の機を狙っていた。同時に、緩慢と思える動きに催眠の効果があることを磐音は読んでいた。

だが、居眠りならば本家本元だ。

動かない。

ただ、ひっそりと相手の仕掛けを待っていた。

焦らそうとして焦れたのは満吉季平次のほうだった。

「おっ」

という息を吐くと痩身が一気に磐音に迫り、立てた竹刀が磐音の肩口へと雪崩れ落ちた。

ばしり

磐音の竹刀が満吉の袈裟斬りを払った。それを読んでいたかのように、満吉が払われた竹刀を引き付け、不動の磐音に面打ちを放った。

届いた！

胸の中で快哉を叫んだ満吉の胴にしなやかにも、

ずしり
と響く反撃が見舞い、六尺二寸の長身を吹き飛ばしていた。

「これ、有地」

と見所の吉田久兵衛が指南の有地を呼んで何事か命じた。

「五番手、師範泉水三右衛門」

道場内の見物にも出場者の間にもざわめきが起こった。どうやら久兵衛の命で順番を変えたようだ。

「師範の泉水にござる。一手ご指南を」

「こちらこそご指導くだされ」

泉水は五尺七寸余か、均整の取れた体付きをしていた。

磐音は相変わらずの正眼、泉水は竹刀を脇構えに置いた。

正眼の竹刀が泉水と向き合うような脇構えに変化して、泉水に誘いをかけた。

「おっ！」

泉水が踏み込みつつ、脇構えを斜め上方へと振り上げ、それに応じた磐音と二合三合と目まぐるしく打ち合った。だが、目まぐるしく動いているのは泉水の竹刀であり、磐音のそれはゆったりと舞いでも舞っているかのような動きで応じていた。

当然、攻め続けているのは泉水だ。

ぱあっ

と離れた泉水が呼吸を整え、気合いを入れ直し、正眼に構えを移した。

それを待った磐音も正眼へ戻す。

竹刀の先を上下させて誘った。

泉水が乗った。

正眼の竹刀が磐音の小手にきた。

磐音の竹刀が泉水の竹刀に絡み、弾いた。

あっ！

泉水の手から竹刀が高々と飛び、泉水が一瞬棒立ちになった後、

「ふーうっ」

と息を吐いてその場に正座した。

「参りました」

磐音も正座してその言葉に会釈で答えた。

「先生」

という声が、待機する出場者の中から飛んだ。

「佐藤史陽、なにか」

「次はそれがしをご指名くだされ」

巨漢が他の出場者を押し退けて姿を見せた。

「佐藤、坂崎どのを見てみよ、息一つ弾んでおられぬわ、また額に汗も見えぬ。そなた、不動の坂崎どのを攻め崩せる自信があるか」

師匠の答えに代わり、反問したのは見所の吉田久兵衛だ。

「勝ち負けは時の運にござる」

「ほう、ぬかしたな」

「坂崎どの、この佐藤、長崎の千人番所の総組頭を何度も務めた男でな、藩内ではまず技量一、二の剛の者にござる。そなたに汗の一つもかかせようと数を揃えてみたが、いかに無益か悟り申した。吉田のご隠居のお怒りももっともな話じゃ。最後に佐藤と立ち合うてもらえぬか」

有地の言葉はどこか淡々として、覚悟した人間の潔さがあった。

「お願い申します」

磐音はあくまで素直だ。

「坂崎どの、一つお願いの儀がござる」

と言い出したのは佐藤だ。

「それがし、木刀にてご指導を仰ぎたい」

「これ、佐藤」

と有地が諫めるように言いかけた。

「有地、坂崎どののご返答次第にしてはどうか」

と吉田久兵衛が口を挟んだ。

木刀勝負は大怪我につながるし、時によれば死にも至る。真剣勝負と同じとみていい。

「それがし、構いませぬ」

早速竹刀から木刀に替えられ、対決者が道場の真ん中に進み出た。

場内の沈黙が、生死を賭した戦いに重苦しい緊張に変わった。だれもが固唾を呑んで二人の動きを注視していた。

「参る」

「お願いします」

春風駘蕩たる磐音の佇まいは変わらない。

対して佐藤史陽は、命を懸けた緊迫が面に漲っていた。

佐藤は中段に木刀を取った。

磐音は珍しくも下段に構えた。

佐藤がじりじりと間合いを詰めながら、磐音の出方を探った。だが、動く気配は全く感じ取れなかった。

仕掛けるしか道はない。

佐藤は中段の木刀を引き付けた。

渾身の気合いを五体に溜め、一撃に賭けた。

おおおっ！

佐藤の大きな体が走った。

木刀が不動の磐音の面に落とされた。

磐音の下段の木刀がゆったりと舞い上がった。

打撃。

磐音が額を割られたとだれもが想像したとき、木刀が虚空に舞い、大きな佐藤の体も飛んでいた。

なにが起こったか。

有地内蔵助ら数人以外、ゆったりとした動きに空恐ろしい技があったことを見逃していた。

どたり

と佐藤が床に叩き付けられて、必死で起き上がり、

「参りました」

と大声を張り上げて、福岡藩の剣道場での坂崎磐音の試しは終わった。

三

道場から音が消えていた。まるでその場に一人の人間もおらぬ気配で、ただ異常と思える重い沈黙があった。

その沈黙を破ったのは福岡藩道場指南有地内蔵助だ。

「ご隠居、それがし、藩道場の指導から手を引き申す」

自らが育てた家臣が一人として坂崎磐音を打ち崩すことができなかったのは、指導者として未熟と考えたようだ。

見所の吉田久兵衛が、苦虫を噛(か)み潰(つぶ)したような視線で磐音を見た。

道場の中央で身繕いをする磐音は、まるで冬の縁側の陽だまりで長閑にも毛繕いをする年寄り猫の風情だ。

「ふうっ」

と久兵衛の口から吐息が洩れた。

「有地、つまらぬことを申すでない」

「はっ」

「坂崎磐音どのを見よ。さすがは神保小路の佐々木玲圓どの、その眼に狂いはないわ。当代一の剣術家がこれはと考え、選ばれた後継じゃ。そなたら、簡単に一手奪えると思うたか。それがすでに間違いの元よ」

と言い放った久兵衛が、

「坂崎どの、感服いたした。じゃが、老人の眼にはよう映らなかった技もござる。最後の立ち合いじゃがな、佐藤の中段からの振り下ろしを下段から巻き込み、さらにどこを叩いたか、あの佐藤の巨軀を軽々と横に何間も飛ばされた業前よ。そなたの木刀が白い光に変転したのが映じただけで、よう見えなかった」

「吉田様、技は咄嗟、後々ああであったと語る技と、そうでない技があろうかと存じます」

「あれは咄嗟の技か」

「はっ」

と返答する磐音に久兵衛が、

「佐藤史陽、そなた、どこを叩かれた」

と項垂れたままの佐藤に質問の矛先がいった。

「ご隠居、しかと分かりませぬ。木刀がやわらかく絡んだと思うたときには腰の辺りにしなるような打撃を感じました。あとは情けなきことに、それがし、宙を舞うて床に転がっておりました。すべては一瞬のうちに終わり、それがしもなにが起こったか定かではございませぬ。ご隠居、佐藤史陽、それなりに剣術自慢を自任しておりましたが、坂崎どのの前では赤子同然、なす術なく試合にもなりませなんだ」

とさばさばと答えた佐藤が、

「坂崎どのの風姿を見ておりますと、なぜか立ち合いに際して、攻めあらば受け止めることができる、さらには反撃に転じられると錯覚を覚えることにございます。坂崎どのは、ご覧のごとく春風駘蕩としておられ、こちらにいささかの怖れも感じさせませぬ。だが、そのときにはすでに坂崎どのの技に嵌っておるというか、勝負は決しておると思えます」

と首を捻(ひね)った。

「ふーむ」

と吉田久兵衛が唸った。

「有地先生、申し上げます」

見物の一座から声が響いた。

有地が見て、

「申せ、小埜」

と佐々木道場の門弟であった小埜江六の発言を許した。

「坂崎様の春風のような剣技を、神保小路では居眠り剣法と呼んで、佐々木先生もまま手古摺(てこず)られる技、あるいはお人柄にございます」

「なにっ、佐々木どのも手に余ったとな」

見所から久兵衛が応じた。

「はい」

と答えた江六が、

「それがし、佐々木道場にあるとき、坂崎様の剣をいささかも理解していなかったと、ただ今気付かされております。坂崎様の剣には駘蕩とした中に凄みが隠されておるような気がいたしました。ですが、お人柄ゆえそれをいささかも感じさせられませぬ」

「居眠り剣法に凄みが隠されておるか」

と吉田久兵衛が洩らし、有地が、

「ご隠居、小埜が思わずお人柄かと洩らしましたが、坂崎どのの居眠り剣法はそれがしが真似ようとも叶わぬ剣にございます。佐藤への木刀の巻き落としから腰への打撃という一連の技を、坂崎どのは余裕をもって見切っておられる。その証拠に、佐藤の打撃は木刀で叩かれたにしては打撲程度の痛みが走ったか走らぬか」

「先生、確かにございます。それがし、木刀で打たれたのです。それがしの腰骨が粉々に砕けていても不思議ではございませぬ。それがそのような気配はございませんぞ」

と佐藤が面目なさそうな顔で、座ったまま体を動かしてみせた。

「佐藤、坂崎どのはそなたの仕掛けを読み切り、余裕を持って応じられた証拠ではないか」

「ふーむ」

とまた見所から久兵衛が溜息とも吐息ともつかぬ声を洩らした。

「人間たれしも時の長短は等しく流れておると申す。だが、極限の技を知った者と凡百の者では時の感じ方が違うのであろう。巧者は同じ寸毫の時を他者よりも長く考え、使うことができると申す。坂崎どのの居眠り剣法はその辺に秘密があるのかのう」

と久兵衛の視線が磐音に留まった。

「吉田様、いささかそれがしの剣を買い被っておられます」

「秘密がなければ佐藤のようにあっさりと兜を脱ぐこともあるまい。なにか工夫がござろうが」

久兵衛が執拗に追及した。

人生の先達の重ねての問いだ。

当然、磐音は礼儀として応じることが要求されていた。

そのとき、磐音の頭にあったのは、親友小林琴平との決死の戦いの模様だった。琴平の苛烈な攻撃を凌ぎ切った磐音が最後の最後に出した一手が勝敗を決した。

あの短くも長い戦いの九割九分の時間を琴平が支配し、攻め続け、磐音はひたすら防御に回っていた。

もし居眠り剣法がこの世に存在し、真に開花したというのならば、あの瞬間、結実したものだ。

磐音は友との決死の戦いと説明することなく、とある剣術家との対決の模様として克明に語った。それが自らの剣法を素直に理解してもらうことだと思ったからだ。

「最後はそなたが相手を仕留めたのじゃな」

「天命にございました」

吉田久兵衛が頷いた。

「そうか。そなたの剣法は後の先か、それも究極の待ち技か」

有地が洩らし、未だ道場の中央で磐音と対座する形で残っていた佐藤が、

「先に攻めさせようと考えた末に、いつしかこちらが先に動いて自滅しておるのです。坂崎どのの剣法は天性のもの、天分にございますぞ」

「天性の剣法にはわが福岡藩の剣術も形無し、かすりもせぬか」

と見所から久兵衛がいささか大袈裟(おおげさ)に詠嘆して、なんとなく剣道場に和(なご)やかな

空気が戻った。

「坂崎どの、時間の許すかぎり道場に通い、指導をしてもらえぬか」

有地が言い出し、久兵衛も、

「有地、一年でも二年でも坂崎どのをお引き止めして、技の片鱗（へんりん）を学ぶのじゃ。よいな、一同」

と言い出し、はっ、と見物していた家臣団が頭を下げた。

改めて稽古が再開された。

磐音と対戦するはずであった選抜者の内、機会のなかった四人に、磐音から立ち合い稽古を願った。

「おおっ、われらにもご指導くださるか」

いささか不満に思っていた四人と次々に磐音は立ち合い、汗を流した。もはや勝敗は二の次。四人は指導者としての磐音に礼儀を尽くした。

磐音の人柄は初日にして福岡藩の道場の雰囲気に溶け込み、四人が終えたあとも、

「坂崎様、それがしと立ち合いを」

「いや、最前からそれがしが稽古を所望しておったぞ」

と順を争った。

そんな相手に対して磐音は気軽に応じ、稽古が終わったのは昼前のことだった。

その稽古の間じゅう、元国家老の吉田久兵衛は磐音の動きを食い入るように熱心に見詰めて、唸ったり、溜息をついたりしていた。

稽古が終わったとき、

「坂崎どの、それがしの屋敷にも小さいながら道場がござる。この年寄りとな、立ち合いの機会を作ってくだされ」

と願って藩道場の見所から姿を消した。

「お疲れさまでした」

と江六が磐音に声をかけ、

「坂崎様、この道場には自慢が一つございます」

「ほう、なにかな」

「この界隈は海に近いゆえ、井戸水に塩気が混じり、飲料には適しませぬ。高台の城中には籠城戦の備えに滾々水なる掘り抜き井戸がございまして、新鮮にして美味な飲み水が湧き出しております。この水、樋を通じて堀を越え、この道場にも引き込まれております。舞鶴城を造られた黒田官兵衛（かんべえ）様のお心遣いとか」

「滾々水で体の汗を流すことができるのじゃな」

「季節も季節、ただ今はちと冷とうございますが、夏など疲れた稽古の後、水を被るとき、至福の一瞬です」

江六は滾々水が樋を伝い、小さな滝のように幾筋も流れる洗い場に磐音を案内してくれた。すでにそこでは家臣たちが大勢体を拭（ぬぐ）っていたが、

「坂崎先生、どうぞお先に」

と譲ろうとした。

「先生は困ります。どうか同輩のつもりでお付き合いのほどお願いします」

「それでよろしいので」

「それが望みです」

「小埜」

と声をかけてきたのは佐藤だ。

「坂崎どのの歓迎会を催そうではないか」

「それはそうだ、佐藤。共に汗を流した仲がさらに親しき交わりを結ぶには、酒がなによりじゃぞ」

とさらに年配の家臣が佐藤に同調し、

「佐藤様、人数を募り、席を設けますゆえ、時間を作ってください」

と願って歓迎会まで決まった。

藩道場からの帰り、小埜江六、平林豹助ら若手が、磐音を箱崎屋の別宅まで見送りがてら同道してきた。

磐音と久しぶりに会った江六が別れがたい様子で、それに豹助らが同調した。

「小埜どの、ただ今、治之(はるゆき)様は江戸に参勤かな」

黒田藩は七代目の治之の時代を迎えていた。

「わが藩は佐賀藩と交代にて長崎警備を仰せ付かっておりますゆえ、十一月参府、二月就封の短期にございますれば、この九月に城下をお発ちになりましたところです」

どことなく城下がのんびりしているのは藩主治之の不在のせいか。

小春日和の中ノ橋に掛かると朝の光景とは一変し、大勢の人が橋の上を往来していた。

「江六、坂崎様の歓迎会の席はどうする」

豹助が最前のことを話題にした。

「人数にもよろう。まず人を募ることだ。四、五十人にはなろうかな」

「そのような数ではないぞ。坂崎様と剣談義をしたいという御仁が大勢おられると見た。なにしろ吉田のご隠居が張り切っておられるからな」

「六、七十人か」

「いや、百人はかたいな」

「百じゃと。具足開きの日のように、道場に車座になるしかないぞ」

「馬鹿を申せ。江戸から見えた客人に道場で酒を飲ませることができようか。黒田藩はその程度かと蔑（さげす）まれるわ」

「ならばどうするな」

若い連中のことだ。当の磐音が同道していることなどお構いなしに開けっぴろげに話した。

「小埜どの、それがし、道場で十分にござる」

磐音の言葉に豹助が、

「福岡藩は西国の要（かなめ）、五十二万石であると、先輩方にお叱（しか）りを受けます。どこぞ、しかるべきところに場を設けますからご安心ください」

と答え、

「江六、そなた、吉田のご隠居に一任を取ってこい」

と言い出した。

「吉田様のお声がかりならばどこで催そうとたれも文句は言うまいが、気が重いな」

江六は元国家老の屋敷に隠居を訪ねるのは憂鬱そうだ。

「小埜どの、それがしの歓迎の会、遠慮しとうござる。皆様と胸襟を開いて酒を酌み交わすのはやぶさかではござらぬが、ご家中の方を茶屋に集めてとなると大袈裟になります。まして治之様がご在府の折り、なにかあってもいけませぬ」

と磐音が断り、

「そうですか」

と豹助が拍子抜けしたように答えてその話は立ち消えになった。

一行はすでに官内町に入っていた。

遠目に箱崎屋の店が見えてきた。人の出入りが激しいのは商いの盛業を示していた。そんな人込みがさっと分かれて、店の前に駕籠が到着した。従っているのは箱崎屋の手代だ。

「参られましたか」

次郎平や女衆が出迎えに店頭に姿を見せた。

おこんが退屈していないか箱崎屋から別宅に使いが行って、おこんが挨拶に店を訪れた様子、と磐音は推察した。

「いったい何者だ。箱崎屋の主が出迎えに出ておるぞ」

豹助が興味津々に言い、さらに続けた。

「あれは商人仲間であろう。武家は箱崎屋に首根っこを押さえられておるからな。主自ら店に出てくることなどありえまい」

「豹助、そなたの家も箱崎屋に借財があるか」

「わが平林家をなんと心得る、馬廻(うままわり)だぞ。二百石高では箱崎屋、洟(はな)も引っかけぬわ」

「であろうな」

駕籠の前に草履(ぞうり)が揃えられ、おこんが姿を見せた。

「なんと女子だぞ」

その瞬間、箱崎屋の店頭の視線がおこんに集中し、一瞬静寂になった。

この日、おこんは藍返し(あいがえし)の、白地に小菊文様が整然と染め抜かれた江戸小紋を着ていた。

豊後関前からの旅の後半、気疲れからか風邪を引き、数日静養したせいで元気を取り戻した様子だ。そのせいか普段から白い肌がさらに透き通るように冬の陽射しに浮かんで見えた。

「たれだ、あの女子は」

豹助が首を捻り、

「博多にあんな美形がいたか」

「並みの美形ではないぞ」

と仲間らが言い合った。

そのとき、おこんが視線を感じたか、磐音一行を振り見て、にっこりと笑い、磐音にも会釈をした。

「おい、おれを見て笑うたぞ」

「三谷(みつや)、そなたを見て笑うたのではない。それがしに会釈なされたのだ」

と豹助がぺこりと頭を下げた。

江六が磐音を見た。

「坂崎様、お一人ではなかったのですね」

「いかにも連れがあったのだ」

「お連れ様とは、今津屋のおこん様のことですか」

「承知であったか」

「坂崎様が今津屋のおこん様とお付き合いがあることは、噂で承知していました」

「なら話が早い。此度の関前訪問は、おこんどのを身内に引き合わせることと、先祖の墓参にござる」

「おこん様は坂崎様の嫁御でございますか」

「関前で仮祝言をしたで、そうなるかな」

と磐音が首を傾げ、二人の会話を豹助らが呆然と聞いていた。

「あの女性、坂崎様と関わりがあるのですか」

「平林どの、それがしの嫁女どのじゃ」

「魂消た」

と豹助が呟き、次郎平が、

「小埜様方、坂崎様と同道なされたか」

と若侍とは知り合いか、声をかけてきた。

「これは驚いた。博多の年行司がわれらに声をかけたぞ」

「なんぞ起こるやもしれぬぞ」

江六と豹助が小声で言い合った。

「なにを申しておられますな。皆様も、坂崎様、おこん様とご一緒に奥へとお通りくだされ」

次郎平に誘われた豹助らがますます戸惑いの表情を見せ、顔を見合わせた。

「箱崎屋、滅相もござらぬ。われら、坂崎様を送ってきただけでな、御用もある」

江六の返事に次郎平があっさり首肯した。

「おこんさん、風邪はもう大丈夫か」

未だ人前では呼び捨てを憚る磐音だった。

「三日ほど休ませていただきましたので、すっかり本復いたしました。もうそろそろ磐音様も道場からお戻りの刻限とお店に誘われたところです」

おこんが言い、改めて江六らに会釈し、磐音が一同を紹介した。

「おこんにございます」

おこんは堂々とした挨拶で、はっ、と頷いた若侍一同が言葉もなくおこんと磐音の二人の顔を交互に見やった。

四

磐音とおこんは、箱崎屋の奥座敷に通され、次郎平の内儀のお神亀、娘のお杏の歓待を受けることになった。

お神亀はでっぷりと太った体付きで、その体そのままに豪快な気性の女性だった。愛らしい顔にまだ幼さが残るお杏は十七歳の末娘で、二人の姉娘はすでに他家に嫁いでいるとか。

この他、箱崎屋は長男の太郎次と次男の三郎助の二人に恵まれ、二男三女の子福家で通っているのも頷けた。

二人の倅はすでに父親次郎平の右腕として大所帯の切り盛りを手助けし、店先で挨拶を受けていた。

今津屋で豪商の店も奥も承知のおこんだったが、やはり、

「ところ変われば品変わる」

の喩えか。

かつて異国交易で栄え、ただ今も朝鮮半島が近く、江戸幕府には内密の交易を含めて博多の商売を牛耳る箱崎屋の雰囲気は、今津屋のそれとは異なるものだった。

次郎平はまずおこんの体調を気にかけた。

「次郎平様、到着早々お気を煩わせ、ご迷惑をおかけいたしました。お詫び申し上げます」

「おこん様、そのような挨拶は無用ですばい。関前でお誘いしたときからくさ、坂崎様とおこん様をな、わが家にお招きして家族同様にお過ごしいただけたら、なんぼかよかろうかと酔狂で考えたことたい。こん店も御笠川の家も、お二人の家と思うてくさ、いつまでも逗留してつかあさい」

「お蔭さまでゆっくりと静養させていただき、元気になりました」

「坂崎家を訪ねられてな、気ば遣わんごとあってくさ、気を遣われたことが風邪の因やろたい。こん博多におらっしゃるときに元気ば取り戻してくさ、江戸に帰ってつかあさい」

次郎平もおこんの風邪は関前滞在の気苦労と考えているようだった。

「お心遣い、まことにかたじけのうござる」

と応じる磐音に次郎平はさらに、

「坂崎様、関前からお二人が博多に立ち寄るとの手紙は正睦様から頂戴いたしましたもん。うちじゃあ、家族がくさ、首ば長うして待っちょりましたとたい。そいでくさ、今津屋様に宛て、またもう一通はくさ、今津屋様を通して佐々木玲圓先生にたい、お二人が博多に立ち寄り、江戸帰府がちいと遅うなりますとお詫びの文を早飛脚で送りましたもん。安心して逗留してつかあさい」

と言った。

「ご丁寧な心遣い、重ね重ね恐れ入ります」

「もう師走も近うございますもん。博多でくさ、正月ば迎えていきなっせ」

「春には今津屋様のお内儀に赤子が生まれます。吉右衛門様の初めてのお子ですので、お世話になったお礼にお佐紀様の出産を手伝って奉公を退きとうございます」

とおこんの説明に次郎平が目を剝いた。

「今津屋様に初めてのお子とね。これまでお子はおられんかったとやろか」

おこんが先妻のお艶が病弱ゆえに子を成さなかったこと、また三年前に亡くなったこと、そして、後添いのお佐紀が今津屋吉右衛門と再婚したのがつい一年前のことなどを手短に告げた。

「そりゃ知らんかった。今津屋の大身代ば継ぐ子が生まれる、大事たいね。おこん様の気持ちも分からんじゃなか」

と次郎平が得心した。

磐音も説明を加えた。

「それがしの佐々木家への養子縁組、さらにはおこんさんの速水家への養女縁組と、江戸で待ち受けている諸々がござってな。そう長居はできそうにござらぬ」

次郎平には関前で、磐音とおこんに待ち受けている変化をざっと話してあった。

「坂崎様、ちいとばかりこん次郎平に考えもございますもん。なあに博多逗留の遅れはくさ、こん博多から摂津に早船を出させてくさ、摂津でん江戸でん二人ば無事にお届けいたしますもん、安心してなっせ」

と胸を叩いた。

「おこん様は町人からお武家のお内儀になられるそうな、大変でございまっしょ。ばってん、こん博多に来たらたい、ひと月やふた月じゃあ見きらんもん。気持ちをゆったりと持ってくさ、見物していきよらんね」

と今度はお神亀が二人の説得に当たった。

娘のお杏はお杏で、おこんをあちらこちらに案内したい様子だ。

そんな箱崎屋の温かいもてなしで昼餉（ひるげ）をともに食し、

「おこん様の体がくさ、また元んように戻ったときくさ、祝いの膳ば囲みましょうもん」

と次郎平が言い、

「忘れちょった。藩道場の稽古ばどげんでしたか」

と磐音に訊いたものだ。

「吉田久兵衛様はじめ重臣方も待ち受けておられて稽古を熱心に見物なされ、それがしも佐々木道場に戻った気持ちでのびのびと汗をかくことができました。また有地先生には、それがしのために新しい稽古着まで用意してくださっておりました」

とだけ磐音は答えた。

「それはよかった。なんしろ吉田のご隠居は、剣術となるとなかなか譲られんでくさ。坂崎様に無理ば言われんやろかと案じておりました」

「明朝より稽古に通います」

昼餉の後、磐音はおこんの体調を考えて、箱崎屋を早々に辞去することにした。

「お杏、その辺まで送っていかんね。おこん様の加減がよかならたい、博多ば案内するのもよかろ」

お神亀が末娘に命じ、お杏が二人を案内する役を引き受けた。

「おこん様、父と母が無理を申しましたが、お疲れではありませんか」

お杏はまずそのことを気にした。

「お杏さん、温かいおもてなしにすっかり元気を取り戻し、一段と爽やかになりました」

「それならぶらぶらと博多を歩いてみませんか」

お杏の折角の誘い(いざな)に二人は従うことにした。

まずお杏が連れていったのは、磐音が今朝方足を止めた中ノ橋の上だ。

「この流れが那珂川にございます。この流れの西が福岡市中で、城を中心にお武家方のお住まいが広がっております。反対に、うちの店がある界隈を博多津中と申しまして、商人の町と考え、福岡、博多の二つを両市中と呼んでおります」

「武家地と商いの地がはっきりと分かれているのですね」

おこんは関前の何倍も大きな福岡城下と博多の町並みを交互に見て、

（はるけくも遠くに来たものだわ）

と感慨を新たにした。

「お杏さん、福岡と博多、どちらが古いのですか」

「どちらが古いかと申せば、黒田様が小早川様に代わって福岡入りする以前から博多は栄えておりましたから、この城下は博多から町造りが始まったと考えても間違いではございません。ただ今も福岡と博多にはそれぞれ一人、別の年行司がおかれ、それぞれ町を治めております」

「お互いが持ちつ持たれつ、車の両輪のような福岡と博多なのでございますね」

「お侍様方は、そうは考えておられぬかもしれませんが」

とお杏が笑った。

「お杏どの、博多の年行司を父御がお務めのようだな」

磐音は若侍の一人が漏らした言葉を思い出しながら訊いた。

「お爺様の代から博多の年行司をうちが務めております」

お杏は晴れがましい顔で言った。

「おこん様、福岡、博多、どちらの見物をご所望ですか」

とお杏が見物先をおこんに訊いた。

「お杏さん、ご城下の海の向こうは異国だと、道中、坂崎様に教えられました。関前でも海をずいぶん見てきたのですが、また海風に当たりたくなりました」

おこんは体が未だ熱っぽいのかそう答えた。

「ならば荒戸(あらと)の湊に参りましょうか。松林越しにお城も見えてお気持ちも清々(すがすが)しくなられるかもしれません」

お杏はおこんの体調を考えながら、ゆっくりとした歩調で那珂川河畔の道をそぞろ歩き、あれこれと説明してくれた。

おこんとお杏が肩を並べると、まるで姉と妹のようだった。その後から磐音一人ののんびりとした顔付きで歩いていく。すると行き交う人々が二人を振り返り、

「おい、あん女子はだいね」

「そりゃ、箱崎屋の末娘やろもん」

「そげんことはとっくに承知たい。もう一人の女子がだいねと訊きよると」

「知らん。ばってん、えらい別嬪(べっぴん)と違うね」

「別嬪どころじゃなか。あげん女子ば見たこつもなか」

「余所者(よそ)やろか」

などと言い合った。そして、

「後ろから行く侍はなんね」

「そりゃ、用心棒やろもん。二人に悪さば仕掛けたらたい、あん侍の出番たいね」

とさらに話は勝手に発展した。

四半刻（三十分）も歩いたか、漁村に辿り着き、松林を抜けると荒戸の砂浜が広がり、さらにその先に玄界灘が広がっていた。

「おお、これは江戸の海とも関前の湊とも違う光景だぞ。どことなく荒れる海だと思わぬか、おこんさん」

海は凪いでいたが波頭が高く、豪快な海を予感させた。

「坂崎様、本日は珍しくも穏やかにございます。玄界灘が荒れたときには、家の屋根など軽々と越える高さの波が次から次へと押し寄せて参ります」

「ほう、それも見物じゃな」

荒戸の浜の西には黒田家の御用船を舫う御船入があって、その背景に荒戸山が望めた。

舞鶴城は、松林越しに南に視界を転ずると見えた。

湊には千石船が何隻も、帆と碇を下ろして停泊していた。

「おこん様、少し歩きました。喉が渇いたでしょう」

お杏は二人を漁村近くに連れて戻った。松林の間に、漁師のおかみさんが開くような飯屋とも茶店ともつかぬ店が何軒か並び、座敷から酒を飲む客の声も流れてきた。

だが、お杏が二人を案内したのはそのような茶店ではなく、長屋門のある大家だった。

「こちらは」

「知り合いの家です」

と答えたお杏が、

「こい婆(ばあ)」

と呼びかけた。

すると母屋の縁側に、姉さん被りの小柄な老婆が姿を見せた。

「お杏嬢さん、だいぶ連れて来んさったね」

「江戸から参られた坂崎様とお内儀のおこん様です。なんぞ甘いものはないの」

とお杏が甘えるように言った。

「草餅(くさもち)を作ったところたいね。江戸の方も食うじゃろかね」

とおこんを見て、

「お杏嬢さん、えらい別嬪ば連れてきなさったねえ」

と目を細めた。

「おこんにございます。草餅は大好物にございます」

と挨拶すると、

「そんならご馳走(ちそう)しようたい」

と奥へ引っ込んだ。

「こい婆は、うちの子守を長いこと務めていたんです」

お杏の説明に合点した二人は陽の当たる縁側に腰を下ろした。

潮風に、松籟(しょうらい)がざわめいていた。

時がどことなくゆったりと流れているようで、磐音とおこんの気持ちを落ち着かせた。

「ほれ、これがうちの草餅たいね」

こい婆は香りのいい茶と草餅を運んできた。

「思いがけなくも馳走になり申す」

草餅をまず手にしたのは磐音だ。口に入れると、

「これは美味じゃぞ、おこんさん」

とじっくりと味わうように食べ始めた。こうなると磐音は食べることに専念して辺りは見えなかった。

「坂崎様は甘い物がお好きなのですね」

お杏が、子供のような顔に戻って草餅を食する磐音を見て微笑んだ。

「美味しいものを目の前にすると、だれが側におられようと食べることだけに夢中になられます」

「よか男じゃなかね。おこん様はよか殿御ば婿に貰いなさったたい」

とこい婆が褒めてくれた。

磐音たちはこい婆の家で四半刻、茶を馳走になって休憩した。

冬の陽が松林の上に傾いたとき、三人はこい婆の家を辞去した。

「お杏さん、お蔭さまで気怠かった体もすっきりといたしました」

のんびりした時を過ごしておこんの風邪も晴れたようだ。

長屋門を出た三人は那珂川河口の方角へと歩いていった。

「うーむ」

と磐音が松林の方角を気にした。

松を揺らす風の中、松林の一角から、剣が煌いて刃を打ち合う響きが伝わってきた。

「あれ、一人のお侍を大勢が」

おこんが言う。お杏も、

「お侍は家中の方のようですが、大勢の方は流れ者かもしれません」

と推測した。

「お杏どの、おこんさん、ここを動くでないぞ」

磐音は闘争の場に走った。

「お待ちくだされ。仔細は存ぜぬが、大勢で一人を囲むとは穏やかではござらぬな」

と磐音が言いかけながら、西日の射し込む戦いの場を見回した。

一対五の戦いが磐音の登場で中断した。

一人の若侍は家中の者、下士かと思えた。

一方、大勢の相手は旅の武芸者のようで、五人が一人を囲み、残りの三人は見物していた。三人のうち一人は女で、恐怖に顔を引き攣らせていた。どうやら若侍と女は知り合いのようだ。

磐音は、身なりからして女が若侍より身分が上かと推測した。

「何奴か、邪魔をいたすでなか」

西国訛りの武芸者が抜き身の切っ先を磐音に向けて睨んだ。

若侍は磐音の仲裁にほっとした様子があった。すでに袖が斬り破られ、足と腕に手傷を負っていた。

「いかがなされたな」

磐音が若侍に問うた。

「お咲様を屋敷にお送りしようと通りかかりましたところ、いきなり囲まれて戦いを挑まれましてございます」

必死の形相の若侍が応じ、磐音が訊いた。

「見ず知らずの相手か」

「存じませぬ」

磐音が、戦いを見物していた一人、恰幅のよい武芸者に声をかけた。

「乱暴狼藉はやめられよ。ここは福岡藩ご城下、町奉行所の知るところとなればお困りであろう」

「おのれ、事情も知らぬ邪魔者が飛び込んできおったわ。二人とも一気に始末いたせ」

若侍がお咲と呼んだ女を牽制するように控えていた武芸者の頭分が、五人の仲間に命じた。

五人が改めて剣を構え直した。その切っ先の三つは磐音に、二つは若侍に向けられていた。

磐音はおこんとお杏の二人が戦いの場に忍び寄ってきたのを感じながら、

「仲裁は時の氏神と申す。刀を引かれよ」

と長閑な調子で話しかけた。同時に腰を沈めて、戦いの仕度を終えていた。

女が人質同然に相手の手にあった。一気に決着を付けるしか手はない、と磐音は考えていた。

「斬れ！」

頭分の命が響いた。

先に動いたのは磐音だ。

三本並んだ切っ先の真ん中に飛び込むと、備前包平二尺七寸（八十二センチ）

を抜き放ち、相手の剣の物打ちを弾いて内懐へと入り込んだ。

包平が虚空に右、左と舞った。

西日が包平の刃に反射してきらきらと煌き、手首や足を斬られた三人がその場に膝をついたり、転んだりした。

「おのれ！」

「こやつ、やりおるぞ」

頭分と腹心格の痩せ侍が叫んだ。

磐音は若侍を攻めようとした二人に疾風のように飛びかかっていた。

再び包平が閃き、二人が一瞬裡に倒れた。

「この女がどうなってもよいのか」

痩せた武芸者が叫んだ。

そのとき、

「お待ち、卑怯な真似をするんじゃないよ」

とおこんの江戸弁の啖呵が飛んで、一瞬、痩せ侍が視線をおこんに送った。

磐音が飛び込んだのはそのときだ。

頭分が間合いを空けるように飛び下がり、痩せ侍の肩口を峰に返した包平が叩いて倒した。

戦いは磬音が制していた。だが、頭分が残っていた。

「お咲どのとやら、あの方のもとへ」

磬音は、立ち竦むお咲を若侍のもとへ押しやった。

磬音は頭分を牽制するように見た。足元には磬音に倒された六人が呆然として蠢いていたが、どれも手加減したものだ。

「手傷は軽うござる。このまま引き上げなさるがよい」

柄に手をかけていた頭分の力が抜けた。

「このままでは済まさぬ」

頭分がお定まりの言葉を磬音に吐き棄てると配下の者たちに、

「引き上げじゃ！」

と叫んだ。

磬音は足を引きずりながら松林に走り込む武芸者の一団を目で追った。

包平を鞘に納め、若侍とお咲を振り見た。すると、いるべき二人もまた掻き消えて姿がなかった。

「お節介だったようね。二人も慌てて逃げていったわ」

とおこんが苦笑いし、お杏は初めて見た眼前の真剣勝負に驚き、両目を丸くして磐音を見詰めていた。

第二章　博多便り

一

江戸は米沢町の両替商今津屋の老分番頭由蔵(ろうぶんばんとうよしぞう)は、朝の間に届いた早飛脚が筑前博多の同業、箱崎屋次郎平から主(あるじ)の吉右衛門に宛てられたものと気付き、紙縒(こよ)りを作らせていた小僧の宮松(みやまつ)に奥へ届けさせた。

季節は冬へと移っていた。

（そろそろ江戸が恋しくなった）

という便りが届いてもよいがと表を見た。

時折り空っ風が舞い上がり、土埃(つちぼこり)を空に吹き上げていた。

往来する人を悩ませる風だ。だが、始終吹いているわけではなかった。風さえ吹かなければ、小春日和の陽気だった。

お佐紀の心遣いを汲み、関前の坂崎家では磐音とおこんの仮祝言を挙げるという文をおこんから貰っていた。だが、その後、帰府の日がいつか、知らせがなかった。

「老分さん、気にかかりますか」

と隣の帳場格子から声がかかった。筆頭支配人の林蔵が、物思いに耽る由蔵の顔を見ていた。

「気にかかるとはなんですな、支配人」

「ですから、坂崎様とおこんさんがいつ江戸に戻って来られるか」

「私が悩んでいるというのですか」

「おや、違いましたか」

「お二人は大人です。道中に出れば諸々ございます。帰るときは帰ると文が参ります。文が届かぬところをみると、まだ出立できぬ理由があるのです」

「出立できぬ理由とはなんでしょうな」

「支配人、そんなことが私に分かりますか」

由蔵の尖った声に林蔵が首を竦めた。

奥座敷に博多からの書状が届けられたとき、お佐紀はせり出して丸くなったお腹を無意識のうちに撫でていた。かたわらには、豊後関前から船で送られてきた異国の揺り籠が主の誕生を待ち受けていた。

お佐紀は、段々立ち振る舞いが容易ではなくなって、

「よいしょ」

と弾みをつけて揺り籠を支えに立ったり、座ったりしていた。するとその度に涼やかな鈴の音が今津屋の奥座敷に響いた。

宮松から書状を受け取った吉右衛門が、

「これは珍しい。博多の箱崎屋さんからの文ですな」

と呟きながら、書状にかかった紐を切り、油紙を解いた。すると書状は二通出てきた。

吉右衛門が訝しげな顔で二通を見分け、一通を手に残し、披いた。

帳簿調べの合間に博多からという書状の一通を読む吉右衛門の表情が変わったようにお佐紀には思えた。その吉右衛門が、

「おはつはおりますか」

と奥向きの小女のおはつの名を呼んだ。

おはつはおそめの妹で、深川六間堀から姉に代わって奉公にきていた。三月余りが過ぎ、今津屋の暮らしと奉公にようやく慣れたところだった。

「はい」

とおはつが廊下から姿を見せると吉右衛門が、

「お店に行ってな、老分さんをお呼びしておくれ」

と命じたが、その間にも巻紙の文から目を離すことはなかった。

「畏まりました」

とおはつの声がして足音が遠のいた。

商いの上でなにか起こったか、とお佐紀は考え、

(悪い話でなければよいけれど)

と心に案じた。その手がまた腹を撫でていた。

廊下に別の足音がして、眼鏡をかけたまま由蔵が姿を見せ、

「旦那様、箱崎屋さんからなんぞ苦情でもございましたか」

と江戸と博多の間で時折り交わされる相場に間違いでもあったかと、由蔵の顔も険しかった。

「この文を読んでご覧なされ」

と差し出された文と吉右衛門の顔を交互に見た由蔵が、

「拝見させていただきます」

と慌しく文を受け取り、

「なになに、謹啓、玄界灘の波が北から高く押し寄せる季節が参りました、か。

えっ、なんですと……」

と黙読に移った由蔵が、

「これはこれは、まさか博多からお誘いとは」

とか、

「これはだいぶ帰りが遅くなりそうな」

と独り言を洩らしながら文を読み終え、顔を上げた。

お佐紀は、吉右衛門と由蔵の顔が心なしか紅潮しているように思った。

「旦那様、お佐紀様は承知のことですか」

「いえ、まずそなたに読んでもらおうと伏せてございます」

と吉右衛門が笑った。

お佐紀が主従二人の会話に顔を傾げた。

「お佐紀様、坂崎様とおこんさんは、関前を離れて筑前博多へ向かわれたようですぞ」

と由蔵が報告した。

「筑前博多に出て、船でも求められるのでしょうか」

「お佐紀、そうではないのです。両替屋の箱崎屋さんに招かれて博多を訪れるのです」

吉右衛門が答えた。

「坂崎様は箱崎屋さんとお知り合いでしたか」

いや、と顔を横に振った吉右衛門が、

「関前藩でまた、よからぬことを考える家臣と御用達商人が現れてな、ようやく軌道に乗った藩物産所の商いを乗っ取ろうと企てたとか。この企みをご家老の正睦様が見逃すはずもなく、坂崎様が手助けして阻まれたそうな」

「なんと、そのような騒ぎが関前で」

「お佐紀様、ところがですぞ、この御用達商人というのが筑前博多の豪商箱崎屋さんに奉公していた者でしてな。その関わりから箱崎屋次郎平様直々に関前城下に出張られて、その小賢しい商人に引導を渡されたのでございますよ」

と由蔵が文の内容を説明し、吉右衛門が、

「その際、坂崎様と顔を合わされ、おこんがうちに勤めていた因縁もあってな、二人を博多に招かれたというわけなのです」

「さようでございましたか」

「お内儀様の出産前には江戸に戻りたいと、おこんさんは博多立ち寄りを迷ったようですが、箱崎屋さんの招きを断りきれなかったようです。書状は、次郎平様からの博多滞在を詫びる内容でございました」

と由蔵が言い足し、

「旦那様、佐々木玲圓先生への書状、たれぞに届けさせましょうかな」

ともう一通が磐音の師であり、近々養父となる玲圓に宛てられたものとお佐紀にも分かった。

「老分さん、体が開けられるようなら、そなたが挨拶がてら神保小路まで参りませんか。坂崎様は永の不在、本多鐘四郎様はめでたくも祝言を挙げられ、旗本依田家へ婿養子に入られて、道場とは一旦縁が切れました。佐々木先生の心中、お寂しゅうございましょうからな」

「旦那様、よいお考えでございますぞ。同病相哀れむ由蔵が参り、玲圓先生にいましばらくの辛抱をと慰めて参ります」

と決然と言い、吉右衛門が、

「お佐紀、佐々木様へのお遣い物を考えてくだされ」

と命じた。

その刻限、神保小路の尚武館佐々木玲圓道場に旅の武芸者二人連れが訪れ、

「立ち合い」

を望んでいた。

応対したのは、でぶ軍鶏の渾名を持つ重富利次郎だ。

「立ち合いとは道場破りということですか」

利次郎が驚く様子もなく、塗りの剝げた黒柄の槍を担いだ大兵と、身丈は五尺三、四寸ながらがっちりとした小太りの連れを見た。

「さよう心得られても構わぬ」

槍の大男が平然と答えた。

「流儀と姓名をお聞かせくだされ」

「それがし、疋田流槍術皆伝八田備中猛敏」

「無住心剣流笠原至誠」

とそれぞれが無愛想に名乗った。

「先生に伺うゆえ暫時お控えくだされ」

利次郎は訪問者を式台前に残すと道場へ急いだ。

新たに道場名の尚武館を付け加えた佐々木道場の増改築がなって初めての道場破りだ。今や江都でその名を知らぬ者はないほどの佐々木道場に二人だけで乗り込むとは、よほど腕に自信の者か、江戸の剣術界に疎い武芸者かのどちらかだろう。それにしても、

（坂崎様が不在ではな）

と利次郎が考えながら道場に戻ると、佐々木玲圓は見所下で上様御側御用取次速水左近ら剣友と何事か談笑していた。

朝稽古が終わり、道場の緊張も解けかけていた刻限だ。

「先生、道場破りが二人参っております」

利次郎の報告に、

「ほうっ」

という顔で玲圓が振り向き、速水左近が、

「蛮勇と申すか、身の程知らずが」

と呟いた。

「利次郎、丁重にお断り申せ。怪我をしてもつまらぬでな」

と玲圓が命じたとき、

「武芸者が怪我を恐れてなんとする！」

という大喝が道場に響き渡った。

玲圓らが見ると、草鞋を履いたままの土足で二人が立っていた。

「こらっ！　そなたら礼儀を弁えよ。道場に草鞋がけとはなんのつもりだ」

稽古を下がっていた門弟の一人が怒鳴った。

じろり

と眼光鋭く睨んだ黒柄の槍の八田備中が肩に担いだ槍を下ろすと、革鞘が嵌ったままの穂先をぐるりと回して門弟らの動きを牽制し、つかつかと見所前に進んだ。

笠原至誠も悠然と従った。

「お手前は槍を遣われるか」

「疋田流の八田備中である」

「そちらは」

「無住心剣流笠原至誠」

「ほう」

と玲圓が驚きを見せた。それというのも、佐々木玲圓の直心影流は無住心剣流、奥山流、そして、上泉秀綱の創始した新陰流と遡ることができた。つまりは同じ流系だ。

無住心剣流の創始者は針ガ谷夕雲だ。

四十の年まで新陰流の伝統を守っていたが、本郷駒込竜光寺の虚白大宣和尚に参禅して、がらりとその流儀を変えた。

「本然受用」

という思想に帰依し、自然のままに受け止め、行動する一法を創出したという。これを無住心剣と虚白和尚が名付けた。

「お手前方、立ち合いを望んでおられるというが、尚武館の看板が所望か。それとも佐々木玲圓になんぞ遺恨がござるか」

玲圓の問いに、

「われら、佐々木道場 柿落としの大試合にて第一位になった坂崎磐音との勝負をいたしたく、遠路はるばる江戸に参った次第である。われら、坂崎を破り、天下一の称号を得ん。この儀、お聞き届けいただこう」

「坂崎磬音との立ち合いとな。それは残念なり」

「残念とはなにか」

「坂崎はただ今、江戸を不在にしておるのだ」

「虚言を弄するでない！」

八田備中が喚いた。

「虚言を申してどうなるものか」

高弟の何人かがすでに玲圓の周りに集まっていた。玲圓の命あらばすぐにも立ち合おうという面々だ。

「どうしたものかのう」

玲圓が思案し、

「坂崎磬音は近々この尚武館を継ぐことが決まっておる。それがしの養子としてな。つまりはこの玲圓が親になるということじゃ。倅との戦いを望んで参られたお二人をこのままお帰しするわけにもいくまい」

と呟くように言うのを八田と笠原が聞き入り、高弟らが、

「先生」

と二人との立ち合いを迫った。

「致し方あるまい。親のそれがしが立ち合おう。それでよいか」

「なにっ、佐々木玲圓自ら立ち合うと申すか」

二人に驚きの表情が走った。

「そなたらもこのままでは引っ込みも付くまい」

「よし」

と八田と笠原が気合いを入れ直した。

「立ち合いの得物はなにがよいな」

「真剣勝負である、本身を用いる」

「ならば、それがし、木刀にて立ち合おう」

と玲圓があっさりと受けた。

「佐々木先生」

と高弟らが翻意を迫るのを速水左近が、

「お手前方、先生にお考えあってのことじゃ」

と引き下がらせた。

今津屋の老分番頭由蔵が、今朝方魚河岸に上がった金目鯛やら京からの到来物の干菓子を小僧の宮松に持たせて、尚武館の玄関を訪れたのはそのときだ。

道場の中から異様な緊迫が漂ってきた。

この刻限、いつもなら玄関前に門弟の一人や二人いるのに、だれもいない。それも異様だった。

「老分さん、なんだか変ですよ」

宮松も言い、さっさと式台を上がって道場を覗き込み、

「老分さん、大変です。立ち合いですよ」

と教えた。

「なんですって」

由蔵も草履を脱ぎ捨て、道場に駆け込んだ。

ちょうど二人の武芸者が見所の左手に、そして、木刀を片手に下げた玲圓が右手にあって、対峙したところであった。

八田と笠原が目配せしてどちらが先に立ち合うか、探り合った。それを見た玲圓が、

「それがし、これでも多忙の身でな。一人ずつでは面倒である。二人一緒に立ち合うことで許されよ」

と言い放った。

「なにっ、ぬかしおったな。佐々木玲圓！」

疋田流の槍術の遣い手は穂先の革鞘を一振りで払い、その革鞘が道場の床に転がった。

この流儀の創始者は剣術の達人でもある疋田豊五郎(ぶんごろう)で、直槍、柄は八尺であった。

真槍の穂先がぴたりと玲圓の胸を狙(ねら)い、かたわらの笠原至誠が腰の大小を抜いて、左手に大刀、右手に脇差(わきざし)を構えた。

「そなた、二刀流か」

驚きというより二刀流に興味を覚えたという顔の玲圓が、木刀を静かに上段に上げた。

その瞬間、尚武館のざわついていた空気がぴりりと引き締まり、玲圓の体が、

ぐぐっ

と大きく変じた。

「うっ」

と二人の対戦者もそのことに驚愕(きょうがく)し、

「なにくそ」

と腹に力を溜め直した。

間合いは二間半。

槍の八田備中が踏み込んで穂先を繰り出せば、玲圓の体に届く間合いだ。

左右の手に大小の剣を握った笠原は左手の大刀を立て、右手の脇差を片手正眼に置いた。

玲圓の上段の木刀がゆっくりと下りてきて正眼の構えに変わった。玲圓のほうから仕掛ける気配はない。二人が攻めることを待っていた。

だが、蛇に睨まれた蛙のように二人は動けないでいた。

格別玲圓の視線が険しいわけではない。また五体からめらめらと戦意が燃え上がっているわけでもない。ただ、正眼の木刀を神韻縹渺と構えているにすぎない。それでいて、一歩も動けないのだ。

「参られよ」

厳然とした声が玲圓の口を衝き、

「おのれ！」

と叫んだ八田備中が強引に踏み込むと、黒柄の槍先を玲圓の胸板めがけて突き出した。

さすがは疋田流皆伝の突きだ、穂先が光に変じた。

一気に胸に迫った白い光を玲圓の木刀が絡めるように軽く弾き、さらに黒柄を叩いた。

ぼきり
と柄が二つに折れ、立ち竦んだ八田にするすると迫った玲圓が肩を叩いて砕いた。

ううっ
八田が呻いて、片膝を突いた。

一瞬の早業だ。

その玲圓に、二刀を手にした笠原が迫った。

玲圓が悠然と向き直ると笠原の踏み込みが止まった。

間合いを詰めたのは玲圓だ。正眼に戻した木刀が左手の大刀を叩き折ると、これも肩口を一撃した。

道場の床に槍の穂先と大刀の切っ先が転がり、二人の武芸者が膝を突き、倒れていた。するすると下がった玲圓が、

「丁重にお送りいたせ」

と門弟に静かに命じた。

二

佐々木家の居間に由蔵が通され、速水左近と主の玲圓が同座したところに、内儀のおえいが熱い茶を運んできた。稽古に汗を流した玲圓と速水が淹れたての茶を美味しそうに喫して喉を潤し、

「由蔵どの、なんぞ便りがあったかな」

と玲圓が、道場破りとの立ち合いなどなかった様子で言い出した。

「坂崎様からの手紙があったかとお尋ねですな」

「むろんそうに決まっておる」

「ございません」

うーむ、おかしいという顔をした玲圓が、

「ならばおこんさんから届いたか」

「いえ」

と由蔵が勿体ぶった表情で顔を横に振り、持参した書状を玲圓の前にゆっくり

と差し出した。

「今津屋を経てたれぞれがしに文をよこしたと言われるか」

速水、おえいの二人も、

「佐々木玲圓様」

と達筆で宛名書きされた書状を訝しげな表情で覗き見た。玲圓が取り上げ、差出人を確かめた。

「筑前博多の箱崎屋次郎平、どのか」

「今津屋と同じく両替商を博多で営む、黒田家の御用達にございます」

「それがしはこの名に覚えがないが」

と文を披いて読み出した玲圓の顔が和み、

「ふむふむ、さようか。坂崎とおこんさんは博多に回ったか」

と得心したように呟き、速水とおえいを見た。

「なに、うちの養女どのは福岡とな」

おこんを養女として受け入れ、佐々木家に嫁がせる役目を負った速水左近が言った。

「この箱崎屋に誘われて豊後関前から博多に回る道中のようで、誘った箱崎屋がそれがしに、江戸への戻りが遅くなって申し訳ございません、と詫びの手紙を寄越したのです」

「おお、それはそれは」

「おまえ様、二人は元気なのですね」

「おえい、当人らからの手紙ではない。じゃが、博多に立ち寄ると予定を変更した以上、今頃は元気に博多に到着して、歓待を受けておろう」

「福岡五十二万石黒田様のご城下に坂崎どのが踏み入れたとなると、なんぞ騒ぎが持ち上がりそうじゃな」

と速水が言い、

「速水様、箱崎屋さんのうちへの手紙によれば」

と由蔵が、関前藩に新たに持ち上がった騒ぎの経緯（いきさつ）と事の決着を付けるために箱崎屋次郎平自身が関前城下に乗り込んだ、諸々の事情を言い足した。

「おおっ、それで坂崎どのとおこんさんが博多に誘われたというわけだな」

と得心した速水が、

「百日大名の黒田様の勤番は十一月からであったはず。もはや江戸入りしておられよう。城中でお目にかかる機会あらば、坂崎どのとおこんさんの博多滞在を宜しくとご挨拶申し上げておこう」

とまるで実の父親のような発言をなし、おえいが微笑んだ。

「おまえ様、江戸に戻ればあれこれと忙しい日々が待ち受けております。旅の間に見聞を広めることは二人にとってよいことですね」

「お佐紀どのの心遣いで仮祝言まで催してもらい、坂崎も心置きなく国許を離れることができた。なによりの旅であったわ」

四人があれこれと言い募るところに、師範の依田鐘四郎が姿を見せた。

「どうした、鐘四郎。そなた、はや依田家から愛想をつかされたか」

継裃姿の鐘四郎が玲圓の冗談ににこにこと笑って応じ、

「先生、養父の供で西の丸の役所まで顔出しし、ご挨拶をなした帰路にございます。それがしの出仕、上役との話し合いで来春からと正式に決まりましてございます」

「そうか、いよいよそなたが依田家の当主として家基様のお近くにお仕えいたすか」

玲圓は感慨深そうに言った。

鐘四郎は城下がりの後、一人だけ神保小路に回ってそのことを報告に来たようだ。

「依田家は西の丸御納戸組頭(おなんどくみがしら)であったな」

「速水様、いかにも養父は御納戸組頭を務めております」

「本日、西の丸で、上役どのはなんぞ申されなかったか」

「いえ、本日は顔合わせにございましたし、格別な話はございません。ただ養父は御納戸頭(がしら)に命じられ、その場に残りました」

鐘四郎の返答に玲圓と速水の二人が顔を見合わせ、頷(うなず)き合った。

「鐘四郎、もはやそなたに申し聞かせてよかろうと思う」

「なんでございましょうか」

師の改まった言葉に鐘四郎の顔が引き締まった。

「速水様方のご尽力でな、そなたのご奉公、納戸方から西の丸様近習(きんじゅ)衆に変わる」

「それがし、家基様お近くにお仕えいたしますので」

鐘四郎の顔が引き締まり、紅潮した。

「依田どの、そなた、長年佐々木道場の師範として修行と経験を積んで参られた。御納戸方よりも家基様近くにお仕えして警護に当たるほうが適任かとな、玲圓どのと話し合い、それがしが転任を願うたのだ。養父どのが本日引き止められたのは、そのことの内示であろう」

速水が言い切り、しばし呆然として言葉をなくしていた鐘四郎が、

「速水様、お心遣いまことに有難う存じます。それがし、一命に替えてもお役目全ういたす所存にございます」

と感激の面持ちで答え、平伏した。

そのとき、速水と玲圓の胸中には期せずして、家基の日光社参密行と老中田沼意次一派が家基を亡き者にしようと密かに送り込んできた刺客との暗闘の数々が浮かんでいた。

戦いはあれで終わったわけではない。

田沼が未だ城中で巨大な実権を振るうとき、家基への暗殺は繰り返されると考えられた。

佐々木玲圓と速水左近は、本多鐘四郎が偶然にも西の丸の御納戸組頭を勤める依田家に婿入りすることが決まったと知ったとき、家基の身辺警護を強化せんと、鐘四郎の近習衆への転任を策して動いたのであった。

次の将軍位にはなんとしても明晰明敏な家基に就いていただく。そして、賂が

蔓延り、横行する田沼政治を払拭してもらいたいと二人は考えて、命を投げ出す覚悟を付けていた。

一方、田沼意次一派は聡明な西の丸だけは次の将軍位に就けたくないと策動していた。

依田鐘四郎は未だ家基の近習衆転任の背後に隠された使命を知らなかった。だが、否応なく城中の暗闘へ巻き込まれようとしていた。

「依田様、ご出世おめでとうございます」

由蔵が鐘四郎に祝意を述べた。

「由蔵どの、そう申されてもこれは内意にございましょう。それがし、未だ佐々木道場の住み込み暮らしが体から抜けず、未明に起きて、お市から道場に参られますかとからかわれております」

「鐘四郎どの、お市様と仲がよろしいようでなによりです」

おえいの言葉に鐘四郎の浅黒い顔がぽおっと紅潮し、

「おえい様、それがし、所帯を持つということがかようにも楽しいこととは考えもしませんでした」

と正直な気持ちを吐露した。

「鐘四郎どの、そなたは若き頃から剣術修行一筋の堅物ゆえ、今のお気持ちがおえいにもよう分かります。よいか、ただ今のお市様への気持ちを忘れぬよう、さらには依田家大事、ひいては西の丸様御大切に、衷心よりお仕えいたすのですよ」

「おえい様のお言葉、肝に銘じ、身を粉にして相務めます」

と自らに言い聞かせるように鐘四郎が何度も首肯した。

「依田様、ちと報告が」

と由蔵が言い出し、磐音とおこんの近況を伝えた。

「なんと、お二人は博多に回られたのですか。それでは帰府がだいぶ遅れますな」

「お佐紀様の出産までには江戸に戻りたいというおこんさんの願いも、旅に出てはなかなかうまくいかぬ様子です」

「いかにもいかにも」

と応じた鐘四郎が、

「先生、それがし、西の丸出仕が来春となれば、この年の瀬までは自由の身にございます。これまでどおり朝稽古に通うこととお許し願えませんか。屋敷で一人木刀を振り回してみてもどうも力が入りませぬ」

「そうじゃな」

玲圓が思案した。

直参旗本の依田家に婿入りさせた以上、道場通いは遠慮したほうがよかろうと、鐘四郎の通い稽古を断ってきた玲圓だった。

鐘四郎の西の丸出仕が来春からとなれば、確かにふた月以上の余裕があった。

「鐘四郎、よかろう」

「有難うございます」

鐘四郎もほっとした顔をした。

「但し、この件、まず養父の依田どのとお市どのの了解を得てのことじゃ」

「承知しました」

と答える鐘四郎の顔に喜びが広がった。

玲圓は、家基の近くに仕えることになる鐘四郎をこの師走までの間に今一度鍛え直し、ご奉公に役立てようと考えたのだ。

筑前博多での磐音とおこんの滞在も十日余りが過ぎ、関前滞在の気苦労と道中で風邪を引いたおこんの体調も回復していた。

二人の箱崎屋での別宅暮らしはそのまま続いていた。

磐音は藩道場の稽古の帰りに箱崎屋の店に立ち寄る慣わしができていた。

この日もいつものように箱崎屋に顔出しすると、

「おおっ、ただ今、噂をしていたところです」

と番頭の愛蔵が磐音を見た。

字こそ違え、今津屋の老分番頭の由蔵と偶さか同じ読みだった。

広いお店の板の間の端に格子屛風で仕切った一角があった。ここでは簡単な商いの相談などが行われるのだ。その上がりかまちに御用聞きと思える初老の男が半身に座り、愛蔵と話し込んでいた。

二人の間には煙草盆があり、御用聞きと思える男が煙草盆に煙管の雁首を叩いて灰を捨てたところだった。

「それがしの噂にございますか」

磐音は腰から包平を抜きながら愛蔵に話しかけた。

箱崎屋の番頭は今津屋の老分番頭より十歳は若かった。だが、額は広く禿げかかっていた。

「はい、そうですよ」

と言いながら愛蔵が、

「坂崎様、箱崎屋とは昵懇の十手持ち、大宰の勘十郎親分です。博多の者は鬼勘の親分で承知しております」

と初老の男を紹介した。

「坂崎磐音にござる。鬼勘親分、よしなに頼みます」

「鬼勘と異名をとったのは昔の話ですばい。今じゃあ、仏の勘十郎と呼ばれておりますもん」

と慈顔を崩した。

「番頭どの、親分さん、それがしの噂とはなんだな」

「いえ、坂崎様の剣術ですたい。さすがに江戸の直心影流佐々木道場仕込み、黒田武士も太刀打ちでけんとくさ、日増しに坂崎様の武名が高まるばかりですもん」

「親分、剣術の世界においても、客分には手心を加えるのがまず作法です。ご家中の方々がそれがしに恥をかかせぬよう付き合うてくだされたのです」

「そげんことがありますやろか」

と首を捻ったた鬼勘が身を乗り出し、

「荒戸の浜の一件を見てん、坂崎様の腕前は途方もなかごとある」

と言った。

あの日の騒ぎを磐音は箱崎屋に迷惑がかかってもならぬと、次郎平に報告した。すると、

「荒戸の浜でそげんことがありましたか」

と思案した次郎平が愛蔵を呼び、

「後々なにが起きんでもなか、調べてみておくれ」

と命じたのだ。

愛蔵はその調べを鬼勘の親分に頼んだようだ。

「なんぞ分かりましたか」

「お咲様という名しか分からんもんでくさ、ちいとばっかり時間がかかりましたたい。いまも番頭さんに謝っとったところですたい」

と応じた鬼勘が、自慢らしい煙管に刻みを詰め直した。

「黒田藩五十二万石にはくさ、大老の三奈木黒田家は別にして、家老職から五石二人扶持の小役人まで、およそ五千七百余人のご家来衆がおられますもん。こい

に在方やら長崎の千人番所が加わるとえらい数にございますたい」

と鬼勘は黒田家の威勢を誇るように説明してくれた。

磐音の前に小僧が茶を運んできた。

「頂戴いたす」

磐音が一口茶を喫したのを見て、鬼勘の話が再開された。

「黒田家の家臣を推し量るのは禄高と職階だけではございまっせん。黒田氏はくさ、元々播磨の出にございましてな、こん播磨以来の家来を、大譜代と呼びまして、黒田家の藩政は大譜代の家臣が中心に動きますもん。さらに豊前の中津で仕えた家来は、古譜代でございましてな、筑前入封後は新参にございます」

磐音は頷き、再び茶を喫した。

「こん話ば番頭さんにくさ、相談ば持ちかけられてくさ、荒戸の浜を中心に二人がくさ、どこで会うちょったか、調べました。ばってん、下士と思える家来とお咲様が逢引ばしちょる家も茶屋も見つかりまっせんもん。正直、困りました」

「大変なことを頼んで苦労をかけ申した」

鬼勘は煙草盆の種火で刻みに火を点けた。

ぷかり

と美味そうに一服吸った鬼勘が、

「そいがたい、偶々のこつ、分かりましたもん」

「それはお手柄」

「他の御用でくさ、城下近くの表粕屋郡箱崎に行ったらくさ、在方の郡奉行の直轄、御茶屋奉行支配下の猪俣平八郎ちゅう手付がくさ、手足を怪我した。どうも斬り合いのごつあるちゅう話を聞き込みましたもん。そんで調べてみますと、確かに医師のたい、手当てを受けちょりました。そんで箱崎のくさ、石原達庵ちゅう医師ば訪ねますと、怪我ん具合が分かりましたもん。刀傷でくさ、太股ば十数針縫うたげな。こん手付の猪俣、なかなかの剣術家でしてな、ただ今も役所の仕事ば休んでおりました」

「それでお咲どのの調べはついたのでござるか」

「猪俣平八郎様の近くにお咲ちゅう女子がおらんか、こいはくさ、そげん難しくはございまっせんでした」

「それはよかった」

「それがくさ、猪俣様にはどうもくさ、具合が悪かですもん」

「どうしたな」

「お咲様は猪俣様の上役の上役、郡奉行下中助左衛門様の娘御でしてな、父御は播磨以来の大譜代にございました」

「猪俣どのは新参かな」

「坂崎様、推量のとおり、こん関わりは身分違いの恋にございますもん。揉めてん不思議はなかですたい」

と鬼勘が言い切った。

「親分、荒戸の浜で猪俣どのに斬りかかった者たちは、たれぞに頼まれてのことかな」

鬼勘が煙管を吹かした。

「へえっ、わっしの勘があたっちょるならばたい、あん者たちを金で雇うたのはたい、父親の下中様にございまっしょな」

と言うとまた煙草盆に灰を落とした。

「坂崎様、この話はうちに降りかかる話ではございまっせん。またうちから役所のどこぞに注進するのもなんでございます。時の氏神で坂崎様が中に入られたのをよいきっかけに、落ち着くとようございますがな」

と番頭の愛蔵が言い、この一件の落着を告げた。

三

鬼勘の親分が箱崎屋の店先から姿を消すと愛蔵は、

「坂崎様、おこん様は、お杏嬢様の案内でくさ、姉様の家に遊びに出とらすもん。うちの三姉妹が顔を揃えたらたい、まんず夕方までは戻られまっせんやろ」

と磐音に告げた。

箱崎屋の姉娘のお香津は、博多の石炭商浅生屋太郎左衛門の嫡男春太郎のもとへ嫁し、すでに一男一女に恵まれているという。また次女のお梅は櫨問屋の紺野太兵衛の倅総一郎と所帯を持ち、こちらは男子一人をもうけていた。

おこんとお杏は、姉娘の嫁ぎ先の、奈良屋町の浅生屋の家に集まっているという。

「浅生屋も紺野家も、うちと同様、宝暦以前は御用聞商人でございましたい」

御用聞商人とは聞き慣れない言葉だった。

「御用達と同じようなものですか」

「ただ黒田家への出入りを許された御用達ではございまっせん。御用聞商人は商いするうえでくさ、様々な特権が授けられておりましてな、博多で大商いするには御用聞商人にならねばなりまっせんたい。ばってん、享保の飢饉の後にくさ、藩財政が急激に悪うなりました」

「この大藩にそのような危難が襲いかかりましたか」

磐音は関前藩の財政破綻と重ね合わせ、訊いた。

「きっかけは、享保十七年（一七三二）の夏に蝗の大群が発生しましてな、藩内を縦横に飛び回ったげな。そんとき、百姓で命を失うたもんが十万人に及んだとです。城下も住人の数が半数に減りました。こいが藩財政の危機ば招いたとです」

「蝗が福岡藩五十二万石を窮地に陥れたとは、驚きました」

頷いた愛蔵が、

「寛延元年（一七四八）には大坂の蔵屋敷がくさ、呆れたことに百六十貫のかたに質入れされました。また鴻池から蔵元を断られるちゅうていたらくでくさ、借財だらけのがたがたになりましてな。そん立て直しに勘定所では目安箱を置いたりくさ、浅生屋、紺野、うちらに与えられていた御用聞商人の特権ば召し上げられたとです。ばってん、今も昔の御用聞商人がくさ、藩の財政を立て直した櫨、鶏卵、石炭商いをしっかりと握っておらすたい」

と博多の商人事情を説明した愛蔵が、

「坂崎様。おこん様は夕暮れまで戻られませんもん、そん間にちいと付き合うてくださいませんやろか」

「どこぞに参られるか」

「まあ、先にくさ、早飯にしましょうかな」

愛蔵は店の御用を他の番頭らに言い付けると、磐音を従え、奥へと下がった。

箱崎屋の奉公人の序列は今津屋より厳然としていた。

例えば三度三度の食事は食べる場所が違った。

番頭格は畳座敷、手代は板敷、手代以下は台所と決まり、番頭格には女衆（おんなし）の給仕がついたし、皿数も多かった。また、夕餉（ゆうげ）には番頭格のうち、酒好きには酒がついた。

愛蔵と磐音は店裏の畳座敷で、鰤（ぶり）の焼物に筑前煮で昼餉を食することになった。

給仕の女衆が豆腐と葱（ねぎ）の味噌（みそ）汁を磐音の前に供した。

「おお、これはどれも美味しそうな」

磐音は思わず洩（も）らしていた。

「どうですな、博多の味は」

「玄界灘の荒波に揉まれた魚は、江戸前の内海で獲れた魚と風合いが違うように思えます」

「魚はくさ、冷たか潮に荒々しゅう揉まれたほうが身も締まりますもん」

愛蔵は磐音が美味しそうに食べるのを目を細めて見た。

磐音は鰤に箸をつけながら、なんとなく考えていた。

おこんの風邪は抜けた。だが、やはり長旅のせいか、口数が少なくなっているように見受けられた。

そのことを案じていたのだ。

愛蔵がそんな磐音の心中を察したように言い出した。

「坂崎様、追い立てるつもりは指のかけらもございまっせんばい。ただ江戸までの道中は長うございますもん。そいでくさ、お尋ね申しますがな、やはり年の内に江戸に戻られたいと考えておられますと」

箸を置き、熱い茶が出されたときのことだ。

「思いがけなくも博多に立ち寄り、われら目の保養になりましてございます。年を跨ぐのもどうかと思います。できることなら、旅先で年を越すよりは年内に江戸に帰着したいものと、おこんとも話し合うております」

「坂崎様、そんなら一つ考えがございますばい」

「ほう、どのようなお考えですか」

「十一月に入ってくさ、荒戸から摂津のうちの出店に早船が出ますもん。こいに乗られまっせんな。赤間関(あかまがせき)でちいと波に揉まれまっしょうがな、あとは内海ですもん、揺れはしませんばい」

「船旅は江戸からの道中で経験いたしました」

磐音はそう応(こた)えながらも、冬の最中に紀州灘(きしゅうなだ)、遠州灘(えんしゅう)、駿河灘(するが)と外海の船旅をおこんにさせたくないと考えていた。

「早船の船頭は摂津往来に慣れちょります。荒戸から一気に行きますで、七、八日みれば摂津に着きまっしょ。そいでくさ、摂津大坂からは三十石船で京に出られなっせ。あとは陸路、東海道をゆっくりと江戸に戻りならんね。まあ、どげんのんびり道中でもくさ、博多から三十五、六日もみればよかろう。師走には十分に江戸に戻りつこうたい」

磐音は即座に答えていた。

「愛蔵どの、摂津まで早船に乗船願えますか」

「承知しました」

と愛蔵が胸を叩き、

「二十日先の早船と話が決まればたい、お二人も博多逗留が楽しめまっしょ」

と請け合い、

「ならば、そろそろ出かけまっしょうかな」

と膳を離れた。

磐音は江戸へ帰る日程が決まったことを、佐々木玲圓や今津屋に知らせる手紙を認めねばならぬと思いながらも、どこかほっと安堵した気持ちになった。

関前訪問が、博多まで足を伸ばす旅になるとは考えもしないことだった。

長旅を初めて経験したおこんに疲労が溜まっていることを磐音は承知していた。就寝したあと、なかなか寝付けない様子で、眠りに落ちてもうわ言を言ったりしていたからだ。

奉公人に見送られて二人は箱崎屋を出た。

愛蔵の足は博多から中島へと向かっていた。

「坂崎様、関前では文蔵がえらい騒動を引き起こしまして迷惑ばかけました」

歩きながら愛蔵が言い出した。

文蔵とは中津屋文蔵のことで、関前藩の財政改革の最中に急速に力をつけ、藩物産所の事業を独占しようとした商人だ。

この文蔵、箱崎屋の奉公人として商いを覚え、主の次郎平らの口利きもあって関前城下で看板を掲げた人物だった。

騒ぎの後、文蔵は関前藩の目付屋敷に捕らわれ、国家老坂崎正睦および郡奉行東源之丞の暗殺未遂など複数の咎の裁きを受けるために、牢屋敷に収監されていた。

「父をはじめ、重臣方にどこか付け入る隙があったのでございましょう。ともかく箱崎屋どののお力添えで解決を見たことがなによりの救いでございました」

「文蔵のやつ、うちにおりましたときはくさ、才気が利く奉公人でしたもん、こいならば関前藩の助けにもなろうと、旦那様も太鼓判で送り出したとです。そいが、どこであげん阿漕な商いば覚えたとやろか。旦那様も此度という此度はくさ、文蔵のしでかしたことに魂消ておらすもん」

「箱崎屋どのには心労をかけ申した」

「お父上の正睦様から旦那様に宛ててしばしば手紙が届きますもん。此度の騒ぎの罪滅ぼしにくさ、文蔵が抱えていた関前藩への債権一万六千余両、正式にうちが負うことになりました。まあ、文蔵のしでかした罪を考えますと、関前藩が中津屋の家財を召し上げられても不思議ではございまっせん。ばってん、正睦様と旦那様が話し合うてくさ、長い目で関前の藩物産所事業を支えることに一万六千両を遣うことで話が折り合いましたもん。来月には新たに番頭の一人が関前に向かいます」

「それはよい知らせかな」

磐音の返答に頷いた愛蔵が、

「坂崎様、過ぎた話ば蒸し返そうちゅう気はさらさらないばってん、行きがかりですもん、もう少し話ば聞いてつかあさい」

磐音が首肯した。

「文蔵が関前で商いを始めたとき、うちが文蔵に低利でくさ、金を貸したとです。最初は五百両でしたがな、それがくさ、二年内に完済されてな、商いを大きくするのに使うち言うもんで、新たな千両を貸し与えましたと。そんとき、旦那様もたい、店の奉公人もくさ、さすが文蔵、商い上手と褒めちぎりました。旦那様はこいで、関前の財政立て直しはなった、中津屋の商いも上々に滑り出したと安心したとです。そん矢先のことですもん。正睦様から書状が届いて、文蔵が商人にあるまじき行為に走っておると知らされたとは」

「驚かれたであろうな」

愛蔵が顔を横に振った。

「坂崎様、私どもはくさ、失礼ながら坂崎正睦様の手紙の内容を信じることはできませんでしたもん。うちで商いの酸いも甘いも叩き込まれた文蔵を信じたかったとです」

「当然のことです」

「旦那様はそれでも密かに関前に人ばくさ、派遣しまして、文蔵の商いのほどば調べさせたとです。残念なことに正睦様が言われたことが正しかった、あん知らせがきたとき、旦那様の驚きはひとかたではなかったです。いえ、私もびっくりしました。あん文蔵がどげんして、黄金色に取り付かれたかと思いましてな。旦那様はいつも申されますもん。銭金は蔵に留めると欲をかく。商いの金子か、欲たれの金か分からんごとなる。商いの金子は店にも家にも留めんように回せ。それがくさ、世間様も肥やし、また商いも大きゅうなって金が新たな金ば呼んでくさ、店に戻ってくる。そいが商いの本道といつも奉公人に教えなはるもん。文蔵は旦那様の教えをどっかでくさ、忘れちもうた」

二人は話しながらも藩道場のある大手門を過ぎ、大きな武家屋敷が並ぶ小路に入っていた。

「吉田のご隠居様が使いを寄越されてくさ、一度、坂崎様をうちに連れてこいと命じられたとです」

ここで愛蔵が行き先を明かした。

磐音も武家地に入ったときから、なんとなく元国家老の吉田久兵衛の屋敷を訪問するのではないかと考えていた。

「先ほど享保の飢饉で福岡藩の財政が破綻しかけたと申されましたな。その立て直しに大いに貢献なされたのが吉田様にございますな」

「吉田のご隠居様の他に島井市太夫様、富永甚左衛門様方があれこれと工夫なされてくさ、励まれた結果、ただ今の安永の繁栄がございますたい」

「福岡藩の特産物は櫨、鶏卵、石炭と申されましたな」

「言いました。それとくさ、筑前米が大坂堂島の米市場に建て米として認められたことが大きゅうございまっしょ。なんせ享保の折りはばたばたと飢え死にする者があとを絶たんやったげな。それでくさ、享保十九年（一七三四）に用心除と称する緊急食糧、明和七年（一七七〇）には郡溜銀、村救銀を、最近ではたい、安永三年（一七七四）に大変救米と称する備荒貯蓄の制度を設けてくさ、飢饉に備えてきましたもん。大変救米は当職吉田久兵衛様の最後の置き土産にございますたい」

当職とは他藩でいう家老職のことだ。当職は中老の家系から選ばれた。

「吉田様はただ今の福岡藩繁栄の立役者なのでございますな」

「いかにもそういうこってす。ばってん、吉田様も最初からうまくいったちゅうわけではありまっせんもん」

「大所帯の福岡を立て直すのでござる。一朝一夕ではなるまい」

首肯した愛蔵が、

「寛延二年（一七四九）に当職に任じられた久兵衛様はくさ、わずか三年後の宝暦二年（一七五二）に思し召し適わずと隠居を命じられておらすもん。若い隠居時代は十年に及びましたげな。久兵衛様をこん失意の時代が大きく育てられたと。宝暦十二年（一七六二）再び当職に返り咲いた久兵衛様は、五奉行制を採用なされて藩務の停滞を防がれ、永年季定免制を実施、村軸帳を新しく作成され、村救銀制を導入して飢饉に備えてくさ、ねばり強う宝暦・明和の改革を主導なされ、こん藩ば見事に立て直されたたい」

吉田久兵衛はただの剣術好きの隠居ではなかった。福岡藩を見事に蘇(よみがえ)らせた中興の人物だったのだ。

「櫨の栽培は吉田様のお考えですか」

「いえ、享保の飢饉の後に栽培が奨励されましたが、こん櫨ば上手に使われたとが久兵衛様ですもん」

江戸期の明かりは菜種油と蠟燭(ろうそく)が主だ。貧しい家庭でも明かりは必要としただけに、油と蠟の需要は莫大(ばくだい)だった。

「久兵衛様が当職に再勤なされたあとたい、櫨の木ば養生し、蠟の生産高を上げてくさ、さらに楮(こうぞ)を植えることを奨励なされて、ただ今では櫨蠟の売上高が当藩の一番の産物にございますたい」

愛蔵の足が止まった。

一際立派な長屋門の前だ。

屋敷の中から木刀で打ち合う音がしてきた。

「やっちょらす」

「ご隠居が稽古をしておられるのかな」

愛蔵が頷いた。

「久兵衛様の周りには宝暦・明和の改革をやり遂げた重臣方が集まられてたい、政事に口出しせんごと剣術に励んでおられますもん」

愛蔵が門番に挨拶すると、

「久兵衛様は修養館でございまっしょ」

と馴染み（なじ）の様子で磐音を広い敷地の一角に建てられた剣道場修養館に案内していった。

「坂崎様、お上がりなっせ」

愛蔵は内玄関からさっさと廊下に上がった。

「失礼いたす」

無人の内玄関だったが、磐音はそう声に出して言うと、腰から包平を抜いて右手に提げ、履物を脱いだ。

「ご免くださりませ」

愛蔵が声をかけながら道場に入り、磐音が従った。

四、五十畳ほどの広さの道場に老年の武士が十人ほど集まり、木刀で打ち合ったり、真剣で素振りをしていたりした。

「おおっ、参られたか」

その中から吉田久兵衛が姿を見せて、磐音に笑いかけた。

「愛蔵、ご苦労であったな」

と箱崎屋の番頭を労った久兵衛が、

「坂崎どの、そなたを接待するにはなにがよかろうかと考えた末に、修養館に招き申した」

「接待にございますか」

笑みを浮かべた磐音は訊き返した。

「武家の接待はやはり表芸の武芸の交換と思うたが、見られよ。それがしの周りは隠居侍ばかりで、そなたに太刀打ちできる者はおらぬ」

と仲間を見回し、

「圭吾」

と命じると、老人の背後にいた紅顔の美少年が磐音の前に姿を見せて、一礼すると、

「ご隠居の命にござれば未熟な芸、披露つかまつる」

と磐音に述べ、次の間に一旦下がると、青柄の大槍を小脇に抱えて再び姿を見せた。

久兵衛も磐音も愛蔵も、一同皆壁際に下がった。

「坂崎様、日本号なる槍をご存じじゃろか」

「恥ずかしながら知識がござらぬ」

「黒田家の家臣母里但馬守太兵衛様が愛用なされた槍にございますよ」

「おおっ、思い出しました。太閤秀吉様が所蔵なされていた名槍にございますな。朝鮮出兵にも母里様と出陣したと聞いております」

「いかにもそれですたい」

秀吉が福島正則に恩賞として与え、その正則が伏見に母里太兵衛を招いて酒宴を催したとき、大盃に注がれた酒を飲み干せば、褒美にくれてやると酒の上で約定した。

母里太兵衛は大盃に注がれた酒を見事に飲み干し、この槍を得ていた。

大身の穂先二尺六寸、青塗りの柄は七尺五寸二分である。

「あの若武者は」

「御小姓母里圭吾様にございましてな、但馬守太兵衛様の血筋だけにたい、近習衆の中でも武芸の腕は抜きん出ておられますもん」

未だ前髪を残した圭吾は五尺七寸余、ほっそりとした体付きをしていた。その

圭吾に、

「見事日本号を披露せえ」

と久兵衛が命じた。

四

母里圭吾が神棚と吉田久兵衛に一礼すると、小脇に抱えていた十尺を超える大身の槍を両手に構え、呼吸を整えた。

道場は静寂に包まれた。

虚空の一点に定めた圭吾の定寸の刀身を超えた穂先が、
すいっ
と突き出され、思い定めた的（まと）を突き刺した。

見事な挙動であった。

細身の体の一部と化したように大槍が動いていた。

突かれた穂先が引き戻され、さらに二度三度と正面を突き、繰り出す早さが段々と増した。

連続した正面突き十数回、穂先は一条の光になって前後し、

ぴたり

と元の半身の構えに戻された。

「お見事かな」

磐音が思わず呟いた。

愛蔵が頷き、

「これからばい」

と圭吾を激励するかのように洩らした。

半身の圭吾は、開いた両足をいま少し開き、構えを整え直すと一呼吸した。

「ええいっ」

裂帛の気合いが吐き出され、再び正面突きが繰り出され、虚空の一角に寸毫（すんごう）違わず停止した穂先が横手に払われ、

ぶうーん

と風鳴りを響かせた青柄の日本号が圭吾の頭上で弧を描くと、左手から右手に回され、横手を突き、払った。さらに体が流れるように反転して、これまで背後だった虚空を突き、払った。

圭吾は体の位置を変えることなく方向を転じることで槍の死角を消していた。

その動きは軽やかにも敏捷機敏であった。とはいえ、腰はしっかりと安定していた。

細身の体は鍛えられた、しなやかな筋肉で覆われているのだろう。また日頃の稽古を思わせて、呼吸を乱すこともなかった。

緩急をつけた円攻撃は変化を加えつつ、また大胆な構えに移ると、予想もかけない虚空の、

「的」

を連続して突いた。

いまや、
しゅっしゅっ
と鳴る音だけが道場に響き、日本号の青柄がぶれることもなく、穂先が乱れることなく舞い納められた。

槍は得物だ。実戦を想定した突きに舞い納めるという表現は適当ではなかろう。

だが、前髪立ちの圭吾が遣う槍はその表現がうってつけだった。

再び正面の神棚に向かい、日本号を小脇に戻した圭吾が正対して一礼した。

「お見事です、圭吾様！」

と愛蔵が声をかけた。

くるり
と向きを変えた圭吾が磐音に一礼した。顔は紅潮していたが、息は上がっていなかった。

「母里圭吾どの、手練（てだれ）の技、堪能いたしました。ようも稽古を重ねられましたな」

「坂崎様、有難うございます」

磐音は会釈を返すとその場から立ち上がり、

「母里どの、日本号を持たせてもらって宜（よろ）しいですか」

と願った。

圭吾がつかつかと磐音の元に歩み寄り、

「どうぞお試しください」

と穂先を磐音の横に流して差し出した。

磐音は青柄の槍を両手で握り、まずその重さに驚いた。

真槍を遣ったことはあった。だが、その槍のどれよりも重かった。だが、十尺を超えた日本号の均衡は見事で、しっくりと手に馴染んだ。

「坂崎どの、どうじゃな、槍技を披露してくれぬか」

と久兵衛が笑いかけた。

「吉田様、槍は不得手にございます。ですが、名槍日本号にお目にかかる機会など生涯に稀なこと、いささか試してようございますか」

「構わぬ」

と道場の主が許した。

磐音は久兵衛と圭吾に一礼した。するすると圭吾がすると壁際まで下がった。

修養館の道場の中央に、秀吉公、福島正則、母里太兵衛と渡ってきた名槍を抱えた磐音が立っていた。

磐音は、神伝一刀流の中戸信継道場でも、さらには直心影流の佐々木玲圓道場でも槍の遣い方を教えられた。

戦国の世から大きく時代は過ぎていた。

武器としての槍は、剣以上にその必要性が薄れていた。だが、剣者たらんとする者に信継も玲圓も槍遣いのひととおりを教え、その利点と欠点とを体に覚え込ませた。

磬音は神棚に拝礼し、半身に構えた。

十尺余の槍のほぼ中ほどを両手で握った磬音は両眼を静かに閉じた。

瞼（まぶた）の裏に茫漠（ぼうばく）たる灰色の世界が広がった。それは無限の広さを有していた。

呼吸を正すと、

「参ります」

と静かに稽古の開始を一同に告げた。だが、閉じられた瞼が開かれることはなかった。

正面へ繰り出された。引き戻された日本号の柄尻（つかじり）が後方へと意識を持って突き出された。

圭吾のそれは正面突きが主だ。あくまで次の正面突きを行うために手元に手繰られていた。だが、磬音のそれは柄尻で後方の、

「敵」

を攻撃、あるいは牽制するために突き出されていた。

一挙動で正面と背後の敵を攻撃したのだ。

磬音は正面と背後突きを繰り返しつつ、足を踏み替えながら穂先の、

「的」

を少しずつずらしていった。

磐音の槍捌き(さば)は、居眠り剣法の如くゆったりとしていた。だが、吉田久兵衛も一同の者も、ゆったりとした動作の中に隙を見つけることができなかった。それは磐音の動きがどの方角からの反撃にも応じられると予測されたからだ。

さらに久兵衛を驚かせたのは、磐音は瞼を閉じたまま、十尺余の日本号を繰り出し手繰り寄せていることだ。にも拘ら(かかわ)ず立つ位置が変じることはなかった。

圭吾もまた驚きの目を見張っていた。

磐音は、視界を自ら塞い(ふさ)で、さらに攻撃の範囲を広げていると思えたからだ。

圭吾の穂先は日本号の総身の十尺余に止まって攻撃していた。だが、坂崎磐音は、無限の領域の敵を想定し、対応しているように感じさせたからだ。

「はっ」

という気合いとともに磐音が動きを止めた。

両眼を見開いたとき、正面の神棚と正対していた。

しばし修養館に沈黙が漂った。

「吉田様、名槍日本号、十分に堪能させていただきました。まことに有難うございました」

その言葉とともに圭吾に歩み寄ると槍を返した。

「坂崎様、己の未熟さに赤面しております」

「母里どの、そなたの槍術、ご先祖の太兵衛様を彷彿させる妙技にございました。これからもどうか初心を忘れず修行にお励みくだされ。さすれば安永の槍名人が必ずや誕生いたしますぞ」

「真ですか、坂崎様」

「なんじょう戯事を申しましょう」

「嬉しゅうございます」

一礼した圭吾が日本号を隣座敷に納めに行った。

「坂崎どの、そなたを剣の達人と承知していたが、槍術にも秀でておられたか。吉田久兵衛、驚きを禁じえぬ」

「槍は真似事にございます」

「それにしてもご隠居、一芸に秀でた御仁はすべてに精通しておられますな」

と初老の武士が言った。

元銀奉行の三枝参坐だ。

「佐々木先生から、得物はこの世にあるものすべてとせよ、日頃から鍋蓋を盾とし、火箸を小柄とし、柄杓を剣となす修行を怠るなと教えられて参りました。それだけの技にございます」

「それだけとは驚きいったわ」

と感嘆した久兵衛が、

「坂崎どの、この老人らにも稽古をつけてくだされ」

と言うと竹刀を摑んで立ち上がった。

稽古着に着替える暇もない注文だった。

「お願い申します」

磐音は久兵衛老人と竹刀を相正眼に構え、稽古を始めた。

元福岡藩当職吉田久兵衛の屋敷を箱崎屋の番頭の愛蔵と出たのは、五つ（午後八時）の刻限を大きく過ぎていた。

愛蔵の手には吉田家から借り受けた提灯があった。

宝暦・明和の藩政改革を主導した久兵衛老人以下、十人の隠居全員と竹刀を交えた磐音に、

「ご苦労でござった、坂崎どの。年寄りに付き合うていただいた礼に粗餐を用意

してござる」

と久兵衛が言い、道場から書院に場を変えて宴が開かれた。

主菜は見事な九絵の造りと鍋だ。

もはや藩政を辞した隠居ばかりである。政事や商いの話は一切出ることはなく、ひたすら剣談義に終始した。

磐音も久兵衛らの話を楽しく聞いた。

「坂崎様、おこん様に叱られますばい。思いがけのう遅うなりましたもん」

と愛蔵が詫びた。

「おこんさんはそれがしのことをよう承知しておられるゆえ、ご心配めさるな。それにしても愛蔵どののお誘いのお蔭で、大変楽しい一刻でござった」

「驚きましたばい。吉田のご隠居様があのようにお喋りばなさるもんか、びっくり仰天たいね」

「さすがにどなたも、福岡五十二万石を改革なされたという自信に溢れておられましたな」

磐音は関前藩の安永の改革がやり遂げられることを心の中で念じた。

「坂崎様のおっしゃるとおりたいね。吉田様方が汗ば流されたおかげでくさ、ただ今の福岡の繁盛がございますもん。ただな……」

と言った愛蔵が言葉を呑み込んだ。

「どうなされたな」

「いえ、私の考え過ぎやろと思いますばってんな。人間はくさ、喉元過ぎれば熱さをたい、忘れますもん。ちいと前まで在所の暮らしは大変にございましたもん。ところがただ今、このような時代をたい、迎えますとくさ、どうも贅沢のし放題でくさ、在所でも町衆の真似ばしてくさ、着物贅沢、普請道楽、博奕が流行り始めてたい、酒の飲み量も増えておりますもん」

と危惧の言葉を口にした。

「人というもの、そう変わらぬものでござるな」

と磐音が言ったとき、舞鶴城のお堀端に差しかかっていた。

刻限も刻限だ、前後に人の影はない。

武家地の闇から三つの影が忍び出た。

「愛蔵どの」

磐音の声に愛蔵が、

「なんでございますな」

と振り見た。

「待ち人がおられる」

「ふえっ」

という奇妙な声を洩らした愛蔵が提灯を突き出して、磐音らの前に立ち塞がった人影を確かめた。

「ご家臣じゃなかごとある」

「それがしには面識がござる」

「坂崎様の知り合いと申されますな」

「荒戸の浜で会うた御仁が一人おられる」

「あん話、終わったと思うたがな」

と応えた愛蔵が、

「どげんしまっしょ」

と磐音を見た。

「致し方ござらぬな」

と言いながらも磐音は無言の三人を見て、考えた。

黒田家城下、それも大手門近くの御堀端だ。他家に招かれて、その門前で人に襲われたとはいえ、血を流すような闘争は避けるべきだと。

「もうし、お尋ねしたい。ここは御城近く、黒田家の表門前での斬り合いはいかがかと思う。どこぞに場を移しませぬか。約定いただけば、それがし、逃げも隠れもいたしませぬ」

磐音の言葉はいつもよりさらにゆったりと長閑に響いた。

「あれこれと喋りおるのはこやつの手か」

と吐き捨てた三人の一人がそろりと剣を抜いた。

「ひえっ」

と愛蔵が小さく叫び、首を竦めた。

「愛蔵どの、怪我をしてもつまらぬ。御堀端の木の根元に腰を下ろしていなされ」

と命じた磐音は、そうそう、それくらい下がられておられれば大丈夫でしょうと答え、

「そなたら、姓名、流儀さえ名乗られぬか」

と絶妙な間合いで視線を巡らし、語調を変え、厳しく問いかけた。すると荒戸の浜の頭分が思わず、

「丹石流持田升魚」

と名乗った。

御堀から冷たい風が吹き上げ、愛蔵の持つ提灯の明かりが揺れた。すると三人の刺客の相貌が揺れ具合で変わって見えた。

三人ともに幾多の修羅場を潜ってきた相貌をしていた。

「持田どのと申されるか。そなたとそれがしの間に戦う謂れがあったかな」

持田が何事か応じようとしたとき、

「持田、こやつの手だ、応じるでない。そなた、こやつを斬り捨てる覚悟があるのか」

とすでに抜刀していた一人が叱責し、もう一人の仲間も無言で刀を抜いた。

持田も気を引き締めなおすように二人に倣った。

刺客三人は持田を頂点に三角の陣形で磐音に対峙し、間合いをじりじりと詰めてきた。

磐音は包平の鞘に手をかけ、鍔元を親指で押さえ、腰を沈めた。

「こやつ、三人を相手に居合いを遣う気だぞ」

最初に抜刀した武芸者が蔑んだように仲間に告げた。

居合術の勝負は、

「鞘の内」

で決まる。一瞬必殺の技だが、失敗すれば二の手が遅れる。まして複数の対戦には不利な技と思えた。

磐音はその言葉には構わず、じりじりと間合いを詰めてくる三人を見回し、背後の愛蔵に、

「しっかりと明かりを所持しておられよ、愛蔵どの」

と言いかけた。

「分かっちょるばってん、提灯が勝手に揺れますもん」

愛蔵の言葉を聞きながら磐音が取った行動は訝しげなものだった。包平を鞘ごと腰からそろりと抜くと、手槍のように鞘尻を突き出して構えた。

「こやつ、なにを考えておる」

三人の一人が呟いたが、もはや仲間は応えない。あと一歩踏み込めば死地の境を切るからだ。

磐音の耳にも三人の息遣いが聞こえた。

「ああ、夜廻りの明かりが見えましたばい」

と愛蔵がほっとしたような声を上げた。

その瞬間、持田が突きの構えから磐音に向かって飛び込んできた。なかなか鋭い踏み込みだった。鞘ごと磐音が構えていることが大胆にさせていた。

愛蔵の提灯の明かりに煌く持田の切っ先を浮かび上がらせ、引き付けた磐音の包平の鞘が弾くと転瞬、鐺が、突っ込んでくる者の鳩尾を険しくも突いた。

くうっ

という声を洩らして一瞬竦んだ持田の体が、その場に崩れ落ちた。

次の瞬間には磐音は、最初に抜刀した武芸者の前に大きく飛び、再び包平の鐺が翻って、八双の構えから豪剣を振り下ろす襲撃者の鳩尾を突いていた。さらに鞘に入ったままの包平が虚空を反転し、磐音を横手から襲おうとした三番手の脇腹をしたたかに叩いて、愛蔵が控える堀端の前まで転がした。

「ふあっ」

と悲鳴を上げた愛蔵が、

「坂崎様と歩くとくさ、退屈はいたしまっせんな」

と感心の声を洩らした。

戦いの場に足音が響き、

「何者か、城端で闘争に及ぶ者は！」

という福岡藩町奉行所支配下の夜廻りの声が響いた。

第三章　大股の辻

一

初冬の空はきりりと晴れ上がっていた。

大川から吹き上げてくる川風に、本格的な冬の到来を思わせる寒さが隠れていた。

品川柳次郎(しながわりゅうじろう)は肩に負った内職の切り組み三方(さんぼう)を包んだ大風呂敷をひと揺すりさせ、両国橋から流れを見下ろした。

荷足舟(にたり)が川上から河口に向かっていく。

いつもの大川の光景だ。

柳次郎の心はどこか弾まなかった。

いつもなら両国橋を渡れば、今津屋におこんがいて、坂崎磐音がいた。だが、その二人が江戸を発ち、すでに三月が過ぎていた。

（そろそろ江戸に戻ってきてもいいはずだが）

と思いながら、また背の荷物を揺すった。

三方は大伝馬町の腐れ市に売る品だ。

陰暦十月十九日、大伝馬町一丁目に市が立ち、蛭子命を祀るための小宮や神棚、三方、桶、俎板などを通りで売った。

その品を内職に頼まれたのだ。

御家人品川家では、当主の清兵衛が草加宿の食売に入れ揚げて、屋敷に戻らず、御家人を束ねる小普請組組頭の中野茂三郎から呼び出しが来ていた。

御家人とは将軍との対面が許されない御目見以下、無役の品川家は小普請組三組に所属していた。

柳次郎は母親の幾代に相談して、父へ手紙を認めた。するとその返書に曰く、

「もはや父のことは死んだものと諦めてくれ」

と無責任にも記してきた。

当主が病死でもしたというのであれば、当主死去の届けの後、後継の手続き

を、三組の世話役を通して、組頭、さらにはその上役の支配に願うこともできた。だが、食売と一緒になって屋敷と家族を捨てた挙句、

「あとはどうとでもしてくれ」

では、世話役に嘆願のしようもない。

（どうしたものか）

母の幾代は亭主の失踪にはなんの反応も見せなかった。ただ、

「清兵衛どのは貧乏暮らしが嫌になったのでございましょう」

と洩らしただけだった。

柳次郎には長兄の和一郎がいた。

だが、この兄も数年前に屋敷を出て、北割下水には寄り付かなかった。風の噂では麻布村で品川宿の遊女だった女と暮らし、二人の子を成していると聞いていた。

当主も嫡男も家を出たとあっては、品川家の存続は危うかった。

柳次郎はいっそ七十俵五人扶持の御家人の身分を返上するか、この辺が潮時かと思わぬではなかった。

しかしながら幾代には、将軍家家臣である御家人の格式を捨てることへの躊躇

いがあることを、日頃の言動で柳次郎は感じていた。

母と二人になり、御家人の面子と体面を捨てるならば、どれほど気が楽になることか。

柳次郎はそう考えながらも母の気持ちに逆らえないでいた。

だが、父も兄も屋敷におらぬでは、世話役を通じての支配からの呼び出しにも応じられなかった。また呼び出しをいつまでも無視するわけにもいかなかった。言い訳が立たぬ以上、御家人品川家の廃絶はいずれ決まる。となれば、嫌でも浪人になるしかない。

品川家は七十俵五人扶持ながら世襲の家柄で、扶持実質四十二石が与えられていた。

だが、何年も前に清兵衛が、証文を担保に蔵前天王町組の札差、鹿島屋利兵衛方から前借りしていた。ゆえに品川家に久しく扶持米が入ったことはない。

また鹿島屋の一存次第では、御家人の籍を他人に売り渡すと言われても致し方ないところだ。

富裕な町人には、御家人株でも買って侍身分になりたいという酔狂な人間がいたのだ。

御家人を辞するとなると問題は住まいである。柳次郎はそのことに考えを巡らした。

御家人は拝領屋敷に住まっていた。品川家が二百坪ほどの敷地に建つぼろ屋敷に住まえるのも、御家人という身分があるからだ。

今さら九尺二間の棟割長屋に母を住まわせるわけにもいかぬと柳次郎は考えた。

(どうしたものか)

柳次郎は橋の欄干から離れ、両国西広小路に足を向けた。

「品川柳次郎様ではございませんか」

女の声が柳次郎を引き止めた。

見知らぬ顔が柳次郎の前に立っていた。

女の白い顔に幼い面影が重なり、柳次郎は迷った。

「そなたは椎葉お有どのか」

「覚えていてくださいましたか」

お有は北割下水に住まっていた御家人椎葉家の長女だ。だが、七、八年前、当主の椎葉弥五郎が学問所勤番組頭に出世して屋敷替えになり、北割下水から麴町近くの平川町の屋敷へと引っ越していた。

椎葉家が北割下水にいた時分、品川家とは親しい付き合いがあって、柳次郎もお有とは兄妹のような関わりを持ってきたのだ。

ただ今の椎葉家は家禄百六十石、御家人に変わりはないが、学問所勤番組頭は御目見格であった。

「やはりお有どのか。北割下水におられた頃は十か十一。見目麗しい女性になられたな」

柳次郎は眩しそうにお有の整った顔を見た。

「柳次郎様、物思いに耽っておられた様子ですが、どうなさったのですか」

お有の顔に憂える表情が見えた。

「まさか幾代おば様が」

「母上は元気じゃ。だが、父上と兄上が屋敷を出られて、品川家はどうにもならぬ」

と悩んでいたことを思わず口にした柳次郎は、

「あ、いや、いま口にしたことは忘れてもらいたい」

と慌てて願い、

「お有どのはどこへ参られるな」

と取って付けたように尋ねた。

「霊山寺に墓参に行った帰りです」

「そうか。椎葉家は横川の霊山寺が菩提寺であったな」

「幾代おば様のお顔を拝見していこうかどうかと迷いながら、橋を渡ってきたところです」

柳次郎とお有は肩を並べて両国西広小路に向かった。

「柳次郎様はどちらに」

「内職の品を大伝馬町の問屋に届けるところだ。母上と二人、内職で食う、相変わらずの貧乏暮らしだ」

柳次郎は自嘲した。

「柳次郎様はお優しい方ですものね」

「優しいだけではこの世はままならぬ」

その口調は世を拗ねた人間のようで、いつもの柳次郎ではなかった。

「柳次郎様、お父上と兄上はどうなされたのですか」

柳次郎は迷った。だが、口を開いた。

「父も兄も外に女をつくり、屋敷を出たのだ。小普請組から呼び出しが来ているが、当主も嫡男も不在では話にもなるまい。母上はなんとか品川家の存続を願うておられるが、どうなることやらと、それでつい迷い悩んでおったのだ」

「まさかそのようなことが」

橋を渡りきった柳次郎とお有は西広小路に入り、雑踏の中をしばらく黙って歩んだ。

「お有どの、つまらぬ話を聞かせたな。本日のそれがしはどうかしておる。もっともそなたでなければ、このような愚痴は口にしなかったが」

「お有は嬉しゅうございます」

「嬉しいとは、またどうして」

「北割下水では、柳次郎様とお有は兄と妹のように育って参りました」

「いかにも」

「なんでも話せるのが兄と妹にございます」

「とは申せ、この姿ではな。それに比べ、椎葉家は出世なされた」

「出世とはなんでございましょうか。役に就き、家禄が上がる。それがどうしたというのでしょう」

「北割下水から抜け出せただけでも凄いことじゃ」

柳次郎はお有との話に夢中になりながら、通り慣れた米沢町の角、両替屋行司今津屋の店頭に差しかかっていた。

「品川様」

声がかかった。

今津屋吉右衛門が外出する様子で駕籠でも待ち受けているのか、老分番頭の由蔵と、大きな腹を抱えた内儀のお佐紀が見送りに出ていた。

声をかけたのは由蔵だ。

「今津屋どの、お内儀どの、ご機嫌麗しゅう拝察いたします」

「お蔭さまで」

とお佐紀が応じ、

「品川様、坂崎様が江戸を不在になされているせいか、近頃今津屋に顔を出してはいただけませんね」

と言うとお有に会釈した。

「お有どの、紹介いたそう。今津屋の主、吉右衛門どのと、お内儀のお佐紀どの、大所帯の店を切り盛りなされる老分番頭の由蔵どのじゃ。こちらには日頃からなにかとお世話になっておる」

とお有に説明すると、お有が腰を折って頭を下げた。

「こちらは学問所勤番組頭椎葉様の娘御のお有どのです。それがしとお有どのは幼き頃、北割下水で家族同然に育ちました」

と柳次郎がお有を紹介した。

「今津屋吉右衛門にございます」

「内儀のお佐紀にございます」

「老分の由蔵と申します」

と江戸で名代の豪商夫婦と老分番頭にそれぞれ挨拶されたお有は、びっくり仰天して柳次郎を見た。

「貧乏御家人の次男坊と両替屋行司のご一家との不思議な組み合わせゆえ、お有どのの驚きも分からぬではない」

と柳次郎が苦笑いした。

「旦那、お待たせ申しすいません」

駕籠伊勢の空駕籠が飛んできた。先棒は馴染みの参吉だ。

振場役番頭の新三郎が吉右衛門にお供をするのか、駕籠を呼びに行ったようで従っていた。

「椎葉様、私はちと他用で出かけます。時間がよろしければお店にお立ち寄りになりませんか。お佐紀はご覧のとおり懐妊中で外出もままならず退屈しておりますので、どうか話し相手になってください」

と吉右衛門がお有に言い残し、駕籠に乗り込んだ。

柳次郎もお有もなんとなく吉右衛門を見送り、由蔵が、

「品川様、そのお届けものはお急ぎですか」

と訊いた。

「腐れ市の三方です。まだ二日はございますゆえ急ぎはしません」

「なら久しぶりにお佐紀様とお茶など喫していかれませ」

と柳次郎を誘った。

「はあ、それは」

柳次郎がお有を気にした。

「お有様、品川様とは家族同様の付き合いにございます。旦那様もああ言い残していったのです。どうかしばらくお立ち寄りくださいませんか」

とお腹の大きなお佐紀に誘われて、お有はまた柳次郎の顔を見た。

「お有どの、いかがかな」

と柳次郎が遠慮がちに誘い、お有がようやく頷(うなず)いた。

今津屋の奥座敷には赤ん坊がいつ生まれてもいいように、産着、夜具などがすでに用意され、一際目立って揺り籠(かご)が鎮座していた。

「品川様、坂崎様とおこんさんのお二人が関前から早々に贈ってくださった誕生祝いです」

お佐紀が揺り籠を揺すると鈴の音が軽やかに響いた。

「初めて見るものですが、豊後ではこのようなものに赤子を寝かせるのですか」

柳次郎が訊いた。

「いえ、南蛮船(なんばん)が長崎に積んできた渡来品とか。ようもこのようなものが見付かったものと驚いております。さすがは西国ですね」

頷いた柳次郎が、

「お二人はまだ江戸に戻られる様子はございませんか」

と訊いた。

お有は、内職の品を背に負っていた柳次郎と、江戸でも名代の豪商の奥座敷に通され、赤子の家具の話などをのんびりと続ける柳次郎が同じ人物かと、驚きの目で見た。

「お二人はすでに豊後関前を発たれ、筑前博多に逗留しておられます」

「博多にですか」

「うちと同業の箱崎屋様に誘われての博多訪問のようでございますよ」

とお佐紀が掻い摘んで、その経緯を柳次郎に告げた。

「坂崎さんとおこんさんの旅らしいな。豊後から筑前か。これではすぐに江戸に戻られませぬな」

「年の内にはなんとしても江戸に帰ってくるそうですよ。昨日、豊後関前城下を発つときに出された手紙が届きました」

「博多の方々がうんと申されますか」

女衆とおはつが茶菓を運んできた。

話が一旦途絶えた。

その間に柳次郎が、

「お有どの、長居はせぬでな、安心なされよ。それがし、内職の品を大伝馬町に届けたら、麹町の屋敷近くまで送って参るゆえな」

と小声でお有に囁き、

「ご心配なく」

とお有が応える声もお佐紀の耳に届き、微笑んだ。

再び三人だけになった。

由蔵はお佐紀にこの場を任せて敢えて顔出ししなかった。

「お内儀どの、偶然にも両国橋の上でお有どのと会うたのです。七、八年ぶりでしょうか」

柳次郎はお佐紀にお有との再会を話した。するとお有が、

「北割下水から屋敷替えになったのは九年も前のことです」

「すると九年ぶりか、そなたと会うのは」

「はい」

「なんだか、お有と別れたのが昨日のような気がいたす」

柳次郎が昔のように屈託なく、お有と呼び捨てにした。

最前の憂いの表情は柳次郎から消えていた。

磐音とおこんが年内には戻ってくると聞いたからだ。

「私は十になる前のことでした」

「九年の間、おれは母上と内職をして暮らしていたわけだ、なんともつまらぬ人生かな」

と明るい顔で嘆いた柳次郎が、

「頂戴します」

と越後の干菓子の越ノ雪を抓(つま)んだ。

「品川様ほど母親想いの、孝行を尽くされる殿方は知りません。神様はきっと品川様のことをお忘れではございませんよ」

「そのうちよいことがございますかな、お内儀どの」

「ございますとも。坂崎様によいことがありましたように、品川様にもきっとよいことが近々巡ってまいります」

お佐紀は柳次郎のかたわらで畏(かしこ)まるお有を見た。

「そう思われませんか、お有様」

「はい、きっとございます」

と応えたお有が、

「柳次郎様、未だお独りなのですか」

と遠慮深げに訊いた。

「お有どの、そなたに説明の要もないが、それがしは貧乏御家人の次男坊だぞ。さっきも見たであろう、背に大荷物を負った姿をな。母と二人で内職しながら約しく暮らしておる。そのような者のところに、たれが好きこのんで嫁になど来るものか」

お有が黙って顔を横に振った。

「お有様、差し出がましいことをお尋ね申してよろしいですか」

お佐紀が二人の会話に割って入った。

柳次郎のこのようにひたむきな表情を見たことがなかったからだ。

「なんなりとお尋ねください」

「お有様には、ご縁談の話が沢山持ち込まれていましょうね」

「お内儀様、北割下水から麴町に引っ越してよう分かりました。武家方は未だ禄高や家格ですべてが決まるのです。麴町界隈はうちよりは身分禄高が高い方ばかりです。父も母もなにかと考えているようですが、なかなかうまく立ちゆかぬようです」

とお有が正直に応えた。

「なんだ、お有どのは未だ相手がおらぬのか」

柳次郎の声が安心したように弾んでいた。

「悪うございましたか」

「いや、そうではない」

と答えた柳次郎が、

「お有どの、最前墓参に行かれたと言われたが、たれぞの命日か」

と尋ね返した。

お有の顔が曇った。が、すぐに気持ちを振り払うように言った。

「ご先祖様に話を聞いてもらおうと、霊山寺にお参りしました」

「ご先祖に相談とは何事か」

お有が意を決したように言い出した。

「麴町の御書院御番組頭の八幡鉄之進（やわたてつのしん）様と申される方が、嫁にと、仲介人を通してうちに言ってこられたのです」

「ほう、やはりな。御書院御番組頭とは直参旗本、凄いではないか」

「七百三十石だそうで、父は乗り気のようです」

「そなたはどうなのじゃ」

柳次郎の顔に懸念が漂っていた。

「八幡様は三十六でございます」

「年を食うておるというのか」

「そのようなことは、大したことではございません」

「そなたは、年は離れていてもよいというのか」

お有が柳次郎を見ると頷き、

「私は人柄が一番かと思います」

「人柄はどうなのだ」

「会ったこともないお方です。なんとも申せませぬ」

「なにか気にかかることがございますか」

お佐紀が柳次郎に代わって訊いた。

「八幡様は三度所帯を持たれ、三度とも離縁なさっておられます」

「呆れた。そんな奴のところに行くことなどないぞ」

柳次郎が即座に言い切った。

「離縁の理由をご存じですか、お有様」

「出入りの商人がうちの女中に申したそうです。八幡様は多情なお方で、屋敷のお女中にも手を出されたりするとか。それで嫁に来られた方が愛想を尽かされたり、追い出されたりしたとか」

「お有、そんな屋敷に嫁など行くな」

柳次郎が叫ぶように言い、お有が小さく頷いたのを、お佐紀は微笑んで見ていた。

柳次郎とお有は、お佐紀と一緒に一刻(いっとき)（二時間）あまり話をして、今津屋を辞去した。

大伝馬町の問屋に荷を届けた柳次郎はその後、麴町までお有を送っていくという。

二人を見送った由蔵が、奥座敷のお佐紀のところに早速顔を出した。

「気にかかりますか、老分さん」

「どんな具合ですかな」

「さて、お二人の仲、どうなりましょうね」

お佐紀が意味深長な笑みを作った。

二

平安時代の学者にして政治家であった菅原道真公が藤原時平の讒訴(ざんそ)により、都から大宰権帥に左遷されたのは延喜元年（九〇一）のことであった。二年後の延喜三年、道真は配流先の大宰府の南館に没した。門弟の味酒安行が師の遺骸を四堂と呼ばれるところに葬ったのが安楽寺の始まりである。

四堂とは祠堂のことで、墓所に建てられた三昧堂のようなものであった。さらに延喜五年、安行によって廟が建てられた。

安楽寺が発展するのは、道真の怨霊に不安を抱いた藤原一族が京都に北野神社を建て、その霊を慰めようとしたことに始まる。やがて安楽寺、北野社はともに奉幣に与り、天満宮の名も起こった。

この日、磐音とおこんは、箱崎屋の末娘のお杏、それに福岡藩士の小埜江六、平林豹助に伴われて、早朝城下を出て日田往還を辿り、大宰府見物に行くことになった。

磐音とおこんは日田往還を通り、福岡城下入りしたが、その折り、おこんが風邪気味だったこともあり、大宰府に立ち寄ることができなかった。その話を磐音から聞いたお杏が、

「私がご案内いたします」

と名乗りを上げた。

この話を朝稽古の帰り道にすると、江六と豹助の二人が、

「われらが従い、案内役を務めます」

と強引に参加することになった。

箱崎屋ではお杏に手代を付けようと考えていたが、

「小埜様、平林様と若いお二人がご一緒されるというのなら、奉公人をつけんでもよかろう」

と五人での大宰府行きを許した。

大宰府は城下からほぼ南東五里ほどの地にあった。男の足なら日帰りもできぬこともないが、おこんとお杏が加わっての旅だ。

箱崎屋では昵懇の旅籠の筑紫屋に一泊させる日程を組み、使いを出して宿泊の手配をした。そんなわけで一泊二日ののんびり旅となった。

城下を出たところで夜が明けた。

道案内の江六と豹助が先頭に立ち、女のおこんとお杏を真ん中にして、しんがりを磐音が務めた。

磐音とおこんの博多逗留も十数日を過ぎ、若い江六と豹助は朝稽古の後、必ず

磐音を箱崎屋の店や別宅まで送ってきた。そのせいでおこんやお杏と気軽に口を利く間柄になっていた。

朝靄が日田往還の左右の田畑に漂い、

「城下を離れると清々するな、江六」

と豹助が両手を寒気の籠った虚空に突き上げた。

「平林様。お勤めはお嫌いですか」

おこんに訊かれた豹助が、

「奉公が楽しいと申されるお方がいたらお目にかかりとうございます。おこん様、しかめ面をした上役に睨まれて一日城勤めをしてご覧なさい、窮屈です。うんざりしますよ」

と豹助は屈託がない。

「小埜様はどうです」

「豹助ほどうんざりはしておりません。ただ、今は殿が出府中、城中もどことなくのんびりして、豹助などは好き放題に振る舞っているんです。なにが窮屈なものですか」

江六が応じて、おこんとお杏が笑った。

長旅をする旅人は、すでに城下を早発ちしてこの辺りに姿は見えない。一行五人の前後に人影はなかった。

「おこん様、そろそろ江戸が恋しくなられたのではございませんか」

とお杏が話題を変えた。

「私には初めての長旅でした。あと十日あまりでこの地に別れを告げるかと思うと寂しくなります。江戸にはいつでも帰れるのです、恋しくなんかありません」

おこんは、お佐紀や父親の金兵衛(きんべえ)のことをふと脳裏に思い描いた。

「江戸とはどんなところでしょうね」

若いお杏が夢見るような眼差(まなざ)しで問い返す。

「お杏さん、公方(くぼう)様がおられるゆえ、福岡の何倍も気を遣うて生きてゆかねばならんところだ。おれは一度の勤番で十分だ」

とおこんに代わって豹助が答え、

「坂崎様、そう思いませんか」

と磐音に念を押した。

「平林どのは福岡藩五十二万石の家臣として緊張して過ごされておるゆえ、そのように感じるのかもしれませぬな」

「坂崎様も関前藩江戸屋敷に勤番なされた経験がございましょう」

頷いた磐音が、

「関前藩は六万石の小所帯です。またそれがしは、藩屋敷におるよりは佐々木道場で過ごした時間が長うござった。江戸暮らしの思い出は、藩屋敷より道場の稽古ばかりです」

「坂崎様のお父上は関前藩の国家老職だそうですね。なぜ藩を離れたのですか」

豹助は屈託がない。

「豹助、人にはそれぞれ事情があるのだ。そなたのように軽々しく問うものではない」

小埜江六が注意した。

「聞かなければ、よいも悪いもなかろう」

「坂崎様、豹助は万事この調子で奉公しておりますゆえ、上役にだいぶ煙たがられております」

と江六が苦笑いして、説明を加えた。

「おこん様、訊いていいですか」

「今度は平林様の矛先が私に参りましたか。なんなりとお聞きください」

「おこん様は町人の出だそうですね。武家の養女に入るなんて、七面倒で嫌だったのではございませんか」

「七面倒かどうか未だ私には分かりません。坂崎様と一緒ですから私は気にしておりません」

「おっ、言われましたね」

と冷やかす豹助におこんが、

「大名家のご家来衆の家に嫁ぐのではございません。町道場ですから、町人の方々のお付き合いも出入りも多うございます」

「佐々木玲圓先生は気難しいお方ですか」

「私には気さくな方です」

「それでも、嫁になるおこん様と門弟とではだいぶ先生の応対が違おうな」

と豹助が自答し、

「豹助、最前からなにが言いたいのだ」

と江六が友を質（ただ）した。

「うーむ」

と唸（うな）った豹助が、

「江六、そなただから申すのだぞ。家中で話すでないぞ」

「なんだ、秘密めかして」

「それがし、剣にはいささか自信があった」

「それで」

「坂崎様に、あっさりと子供扱いされてな、己を知らされた」

「早く気が付かされてよかったではないか」

豹助が真面目な顔で頷き、

「いやはや、城下で修行しておればまず間違いなかろう、と信じておったのだが、やはり江戸は凄い。それがしも佐々木玲圓様の尚武館道場で修行をやり直したくなった」

「最前、そなた、江戸勤番は一度でこりごりだと申したではないか。剣修行の名目で江戸屋敷奉公を願うつもりか」

「できることならそうしたい」

「そなた、長崎行きが内定しているではないか」

「それなのだ」

福岡藩は佐賀藩と隔年交替で幕府直轄地の長崎警備を担当していた。千人番所に勤務するのは福岡藩士の大事な務めである、これを終えてようやく一人前の家臣に加えられた。

「長崎勤番を済まさぬと江戸行きは無理であろうな。となると一年、いや、二年は待たねばならぬぞ」

豹助は真剣な口調で言う。

「平林どの、奉公大事に務められた後、江戸に出て参られるのがよろしかろう。何事も一生を通じてこそ、真の修行にござる。もし尚武館で修行したいと申されるのならば、佐々木道場の門戸はいつでも開いており申す」

「やはりすぐにはお許しなかろうな」

未練たらしく豹助が呟く。

豹助の悩みに耳を傾けながら、一行はゆったりとした歩みで茶畑の間の日田往還を進んでいった。

はるか遠くに茶店の暖簾が風に揺れているのが見えた。

「豹助、そなたの話を聞いておったら喉が渇いた。茶店で休んで参らぬか」

と江六がおこんとお杏の足を気にして提案した。

「大宰府には今日じゅうに着けばよかろう」

豹助も賛成し、

「それがしが席をとっておく」

と茶店に走っていった。

「坂崎様、豹助は普段あのように饒舌ではないのです。坂崎様にあっさりと負かされたため、ただ今どのように剣の修行をし直してよいか頭が混乱しておるのです。お聞き苦しいところはお見逃しください」

「小埜どの、気になさることはござらぬ」

と応えた磐音が、

「お杏どの、足は大丈夫でござるか」

と訊いた。

「平林様のお話、私にも興味深いです。歩いていることなど忘れます」

「豹助のお喋りにも得があるようだ」

と江六が苦笑いしたとき、茶店に到着した。

清流の辺に立つ茶店の土間には囲炉裏が切ってあった。その左右に板の間が設けられていた。すでに何組か先客がいた。

「おこん様、お杏さん、こっちに席を取りましたぞ」

豹助は板の間の一角にすでにどっかと座していた。

女二人は草履を脱ぐ前に茶店の裏手の厠に行った。

磬音は、おこんとお杏が戻ってきたのと入れ替わりに裏庭に出た。裏手にも疏水が流れ、冬の光にきらきらと反射していた。

もうそこに霜月が迫っていた。

陽射しの降り注ぐ流れから寒さが漂ってきた。

流れの傍にしゃがみ込んでいた旅仕度の女がふいに立ち上がり、振り向いた。

磬音と顔を合わせた女の全身に怯えが走った。

その後、磬音の顔をまじまじと見詰めて、今度は、

「あっ」

という驚きの声を洩らした。

「そなたとは荒戸の浜でお目にかかったな」

一瞬、磬音の前から逃げ去る素振りを見せた女が思い直して立ち止まり、

「いつぞやはお助けいただきながら、お礼も申さず失礼をいたしました」

と丁寧に詫びた。

「下中お咲どのと申されるそうな」

お咲の顔に新たな驚きが走った。

怯えが消えたお咲の顔には重い心労が溜まっているような、そんな感じを磐音は受けた。

「坂崎磐音様、でございますね」

「そなたも承知か」

「はい」

「猪俣平八郎どのは息災にござるか」

再びお咲の顔に不安が過ぎった。

「差し出がましいことは重々承知でお尋ね申す。旅仕度のようじゃが、荒戸の浜の騒ぎと関わりがあってのことにござるか」

お咲が小さく頷いた。

「それがし、過日、御堀端で、猪俣どのと闘争に及んでおった一団の頭分持田升魚とその仲間の武芸者三人に襲われた」

お咲の顔はさらに驚愕に見舞われ、

「坂崎様を、あの者たちが再び襲ったのでございますか」

と念を押した。

「荒戸の浜の他に彼らに襲われる理由は思い当たらぬ。となると、それがしが仲裁したこと、いささか不快に思われた御仁がおられるということじゃ」

お咲は嫌々をするように顔を横に振り、

「坂崎様、先を急ぎます。これにて御免くださりませ」

と別れの言葉を述べ、日田往還に出ようとした。

「お待ちなされ」

お咲の足が止まった。

「そなたと知り合うたのもなにかの縁でござろう。もしそれがしの手助けが必要なら、なんなりと申されよ」

「坂崎様は江戸のお方だそうですね」

「福岡藩とは深い関わりはござらぬ」

お咲はどこか茫洋（ぼうよう）とした視線を空に送った。

「今宵（こよい）、われらは大宰府の筑紫屋という旅籠に投宿いたす。同行は女性（にょしょう）二人を含め若い者ばかりじゃ」

と磐音は告げた。

お咲は頷き、再びご免くださりませと言うと往還に出ていった。

茶店に戻ると、おこんが遅かったわねという顔で迎えた。

「荒戸の浜で会うた女性と裏庭でばったりと出会したのだ」

「あ、やはり」

と洩らしたおこんが念を押した。

「流れの傍に座っていたお方が、下中お咲様でしたか」

「下中家から逃げて参られたように思える」

「猪俣平八郎様とどこかで会われるつもりでしょうか」

「そう推測したがな」

磐音とおこんの会話を聞いていた小梺江六が、

「下中とは、郡奉行の下中どののことですね」

と訊いた。

「そなた、なんぞ下中家について承知か」

「坂崎様を御堀端で襲った三人の武芸者がおりましたそうな。目付屋敷で厳しい調べを受けましたが、そのことご存じですか」

磐音は首を横に振った。

吉田久兵衛の屋敷から戻る途中に大手門近くの御堀端で磐音を襲い、反対に打ち倒されて手捕りになり、町奉行所の夜廻りに引き渡された三人のその後の始末を磐音は知らなかった。

あの夜、箱崎屋の番頭愛蔵の証言もあり、襲撃の経緯を知った夜廻りは即刻三人を番屋に引っ立てていった。

その後、三人がどうなったか、磐音は愛蔵に訊こうとはしなかった。というのも、三人の行動の背後に福岡藩郡奉行の一人、下中助左衛門が控えていると推測されたからだ。

「三人は下中どのに金子(きんす)で頼まれ、坂崎様を襲ったと、はっきり申したそうな。そこで目付屋敷では尋問のために下中どのを呼び出されたのです」

江六は目付方と関わりがあるのか事情を承知していた。

「下中どのは、そのような旅の武芸者など一切知らぬ存ぜぬと、しらを切り通されたそうな」

「ほう」

「下中家はさほど家禄は高くございません。さりながら播磨以来の大譜代の家柄ですので、事の真相は別にして、旅の武芸者の証言を信じるより大譜代の言葉を信じざるをえないのです」

　磐音は、大藩の表向きの調べとはそのようなものであろうなと頷いた。

「むろん目付屋敷は、下士の猪俣平八郎と下中家の息女とが恋仲になったことに憤慨した当主の策動であることを摑んでおられます。下中どのには、当面郡奉行職から外す沙汰が下りました」

「猪俣どのはいかに」

「猪俣平八郎に罪科はございません。だが、下中助左衛門どのは、身分違いの下士が大切な娘に手を出したと激怒なされておられます。下中家の意を汲んだ下中配下の御茶屋奉行田野倉どのが、猪俣を役目から外したのです。下中どのはいずれ郡奉行に戻られます。一方猪俣のほうは役に戻ることはないし、下中どのが復職したときを考えると、もはや将来の望みは絶たれたに等しいでしょう」

　と江六が説明し、

「お咲どのが旅仕度であるところを見ると、近くに猪俣平八郎がおるか、どこかで待ち合わせてのことかと思われます」

　と言い足した。

　その話を黙って聞いていた豹助が、

「江六、下中どのの弟御を承知だな」

「千人番所の御番組衆を何度も務められた御仁だな」

「池内家に養子に行かれた左門次どのは以心流の免許持ち、長崎では何人も異人を斬ったと自慢なされるお方だ。この仁が猪俣を密かに付け狙うているという噂を聞いたぞ」

お咲の怯えの因は叔父の池内左門次の殺意か、と磐音は思い当たった。

三

磐音一行が大宰府の地に到着したのは昼下がりの刻限で、自ら案内人を買って出た小埜江六と平林豹助の二人が、

「大野、基肄の城跡に案内いたします」

と最初に連れていった場所は長閑な野原で、あちらこちらに土塁の跡が残されていた。

土塁の周りには紅葉に染まった櫨の木が何十本と林立して空を赤く染めていた。近くの百姓家の庭の柿の木に烏が群がり、熟した柿を啄んでいた。白壁には干し柿が吊るされていた。

櫨は福岡藩の物産だ。

「おこん様、その昔、海の向こうに高句麗、新羅、百済などという国があり、覇権を巡り、度々戦をしていたことをご存じですか」

と江六が訊き、江戸深川六間堀に育ったおこんが、

「こうくりですか」

と困った顔をした。

「おこん様、玄界灘のわずか五十余里向こうに、朝鮮という国がございます」

「江戸に朝鮮通信使がおいでになるけど、その国のことね」

「そうですそうです」

と江六が答え、

「この三国に、わが任那を加えて戦を繰り広げていた時代、大和朝廷は大宰府に防衛の砦を築き、高句麗やら百済からの侵入に備えました。それがこの大野、基肄城跡や水城の跡なのです」

「ほう、ここがな」

磐音も知らないことであった。

風が悠久の時を告げる大宰府の野に立った磐音とおこんは、古人の戦と暮ら

しに思いを馳せた。

「井の中の蛙といいうけれど、私なんてなにも知らずに過ごしてきたのですね」

おこんが恥ずかしそうに言い、お杏が、

「おこん様、ただ今小埜様に教えられるまで、私も知りませんでした」

と同調した。

「お杏さん、旅に出て分かったわ。いかになんにも物を知らなかったのかと、恥をかくことばかりよ」

「江戸は異国の朝鮮より何倍も遠いですからね。江戸の方が筑前のことを知らないのは当たり前です」

と豹助が慰めてくれた。

「坂崎様、おこん様、この分だと日が傾いて大宰府に到着することになりそうです。天満宮には明朝お参りしませんか。これよりまず旅籠を訪ねましょう」

と江六が提案した。

「今日はあちらこちらに見物しながらの道中であったからな。そのせいで心が洗われたようじゃ」

と磐音は二人の案内役に感謝した。

城跡の石積みの影が長くなっていた。

「参ろうか」

磐音たちが旅籠の筑紫屋に向かおうと足を踏み出したとき、旅仕度に一文字笠を被った武家の一行が足を止め、こちらの様子を窺っていたが、つかつかと歩み寄ってきた。

家来に槍を担がせた一行五人である。

「池内左門次様だぞ、江六」

と豹助が緊張の声を上げた。

下中お咲の叔父という人物は背丈こそ五尺七寸余だが、胸も厚く足腰もがっちりとして、挙動にも武芸に深い嗜みがあることを感じさせた。

歩み寄った一行から池内が、

「お手前が佐々木玲圓どのの門弟、坂崎氏か」

といきなり訊いてきた。

「いかにも、それがしが坂崎磐音にござる。お手前はどなたでござろうか」

と磐音が知らぬ振りをして訊いた。

「黒田家家臣池内左門次である」

と横柄に吐き捨てた池内に江六が、

「池内様、坂崎様は吉田久兵衛様と昵懇のお付き合いの方にございます」

と遠回しに無礼を窘めた。

じろり
と池内が江六を見て、また磐音に視線を戻した。

「お手前が、お咲と猪俣平八郎の逃亡を助けておるのを承知しておる。要らざる所業かな。折りよく姿を見かけたで警告しておく。それがし、猪俣なる下士を見付け次第始末いたす所存である。その折り、そなたが手助けなどいたさば斬る」

「ほう、これはまた藪から棒にございますな」

磐音がにっこりと笑った。

偶然にも茶店でお咲と会ったことを池内の家来の一人が見ていたか。

「猪俣がお咲を騙して日田往還に走ったことは掴んでおる。今宵、あるいは明朝にも始末いたすゆえ、さよう心得よ」

「池内様、いきなりの暴言、黒田家の客人にちと無礼かと存じます」

豹助が思い切ったように言った。

「小童、要らざる口出しをいたすでない」

にべもなく若い家臣を一蹴した池内が、

「黒田家家臣といえども、邪魔立ていたすなら容赦はせぬ」

と言い切ると、その場から立ち去ろうとした。

「池内どの、猪俣どのもそなた様同様に黒田様のご家臣にございますな。藩に届け出もなく始末なされると申されるか」

「下中家を危難に陥れた輩じゃ。始末いたさねば黒田武士の面子が立たぬわ」

「猪俣どのとお咲どのの二人を、理不尽にも金子で雇い、襲わせたのはお咲どのの父上、そなたの兄上です。いくら身分違いの恋とは申せ、下中どのの乱暴がこの騒ぎの発端にござろう」

「坂崎磐音、増長するでない。この福岡では、命に変えても理不尽を正すのが武士の生き方である。ちと江戸で棒振りがうまいとて、この池内左門次には通じぬ。これ以上ぐずぐず申せば、この場で斬り捨ててくれん」

池内が磐音の前に戻ってきた。すでに片手が黒塗りの大剣の柄に伸びていた。

「天満宮参りの途中ゆえ、無粋な真似はいたしたくござらぬ。池内どの、お先に参られよ」

磐音の言葉に池内は息を溜めて、磐音の様子を窺った。

江六も豹助も固唾を呑んで二人の対照的な対決を見ていた。池内左門次はぎらぎらとした殺気を漂わせ、まるで狂犬のような相貌を一文字笠の下に見せていた。一方、坂崎磐音は大野城跡に吹く風のようにゆったりとして長閑だった。

池内の足が開き、腰が沈んだ。

磐音は全く動きなく、表情も変わらない。

「あら、日が沈むわ」

おこんの声が響いて、大宰府の野に西日が斜めから射し込んだ。

さらに櫨紅葉が燃え上がり、辺りを紅蓮の炎に染め上げた。

すうっ

と池内が後退し、

「命冥加な奴よ」

と吐き捨てると、

「参るぞ」

と家来たちに命じ、その場を立ち去った。

ふうっ

と豹助が息を吐いた。

「われらも参ろうか」

磐音の平静な声がした。

筑紫屋は太宰府天満宮にお参りに来る人のための旅籠で、宮前に暖簾を掲げる旅籠の中でも一番大きな総二階家だった。宿では博多の豪商の箱崎屋からの使いに部屋を三間空けて待ち受けていた。

「お杏様、よう参らせましたな」

お杏が女将と大勢の奉公人が迎えてくれた。

女将と番頭に四人を紹介して、一行は早々に一室に案内された。

宿帳を記した後、老練な女中が、

「部屋はお杏様、坂崎様ご夫婦、若いお二人と、三部屋に布団を延べればよかろうか」

と訊いてきた。

「お杏さん、お一人で寝まれるのは寂しくございませんか。今宵は私と一緒に寝んでくださいませ」

とおこんが言い出した。

磐音は、お杏の身を案じておこんがそう言い出したのだと気付いた。池内のことがあり、どのような事態が生じぬとも限らぬからだ。

するとお杏が、

「あら、坂崎様とご一緒でなくともようございますので」

「偶には女同士もいいものですよ」

と応えたおこんが、

「男衆三人はまず湯に参らせませ」

と磐音たちを湯に追いやった。

「坂崎様、池内様のあの勢いでは、猪俣とお咲どのの身が危のうございます」

と湯船に浸かった江六が言い出した。

「二人はどちらに逃げる気で日田往還を辿っておるのかな」

磐音はそのことを案じた。

「山家で長崎街道に出ます。おそらくは日田往還から長崎街道に移り、国境を越えて小倉城下に向かうものと思えます」

江六が答え、豹助が、

「それがしも猪俣なる人物は知らぬが、上役の娘に手を出したとはなかなかやりおるな」

と言い出した。

「恋に上下の隔てなしと申すからな」

「坂崎様とおこん様の恋もそのようなものでしたか」

と豹助が訊く。

「武家と町人であることだけをとればそうやもしれぬ。だが、それがしがおこんさんに会うたとき、浪々の身でござった。ようよう江戸深川の裏長屋に転がり込んで職を探しておったところでな。一方、おこんさんは江戸で有数の両替商の奥向きを仕切る女衆、勢いがまるで違うた。町中を放浪していた野良犬が拾われ、その家に飼われるようなものでな、救われたのはそれがしのほうであった」

「江戸は商人の力が強うございますしな」

と勤番を務めた江六が首肯した。

「それがしとおこんさんのことはさておき、あの二人になにもなければよいが」

膳を五つ並べて賑やかな夕餉になった。

武士と町人の入り混じった五人だが、若いだけに打ち解けるのも早かった。酒を酌み交わしながら、江戸や博多の話題がいつまでも尽きない。

旅籠では、箱崎屋の娘の座敷の膳を勝手に下げるようなことはしなかった。お杏が命じて膳が下げられたのは、五つ（午後八時）近くのことだった。

「お杏様、新しく淹れたお茶を持ってきますでな」

と女中が階下に下りたと思ったらすぐに足音がして、

「坂崎様を訪ねてお武家様の女の方がお見えですがな」

と訝しげな顔で番頭が伝えてきた。

「お咲どのかな」

それしか覚えがない。

「名乗られまっせんもん」

「お一人か」

「はい」

「こちらに通してくれぬか」

磐音が命じ、おこんが、

「お咲様ならば夕餉も食べてはおられませんでしょうに」

とそのことを案じた。

「番頭どの、ひょっとしたら膳を頼むやもしれぬ」

「残りものでようございますかな」

「構わぬ。まず通してくだされ」

番頭が、承知しましたと階段を下り、すぐに訪問者を伴ってきた。果たして下中お咲だった。青い顔が引き攣って、すぐには口が利けないほどだった。

寒さと恐怖か。

「番頭さん、まず熱い茶をくださいませ」

おこんが願った。

「お咲どの、ようもそれがしの言葉を思い出してくだされた」

お咲はがくがくと頷き、泣き崩れようとしたが踏みとどまった。

茶が供され、一口喫してようやくお咲は落ち着きを取り戻した。

「どうなされたな」

「池内の叔父が日田・薩摩往還を封鎖なされました」

とお咲が言い、豹助は、

「池内様は長崎の千人番所勤番で探索には手馴(てな)れておられます」

と言った。

お咲は福岡城下を抜け出て、いずこかで猪俣平八郎と落ち合う手筈(てはず)であったか。

「お咲どの、猪俣どのは先行されておられるのか」

お咲が頷き、

「山家宿で」

と応じた。

「お二人が出会うことを阻むべく、池内どのが街道各所に手配りされたのじゃな」

「大宰府から日田往還に出る辺りにも人の手配りがございまして、動くに動けません。それで」

「それがしを思い出されたのだな」

「厚かましいとは存じましたが、いまの私にはそれしか思い付きませんでした」

「お手伝いいたそう」

ぱあっ

とお咲の顔が明るくなった。

「一つだけお尋ねしたいが、よろしいか」

「なんなりと」

「お咲どのも猪俣どのも浪々の暮らしは知るまい。福岡を逃れ、どうやって生計(たつき)を立てるつもりであったな」

「短い間ですが、猪俣様には大坂藩邸勤めがございます。猪俣様はそのとき知り合うた商人に頼り、暮らしを立てると申しておられます」

「刀を捨てられる覚悟か」

「はい」

「お咲どの、そなたもそのお覚悟がおありか」

「父は出世の道具に私を使い、さる上役の妾(めかけ)になれと強く命じられました。私は六十を過ぎた上司の妾など嫌でございます」

「猪俣どのとは好き合うておられるのじゃな」

「はい、何度も話し合いました」

磐音が小さく頷いた。

「猪俣様とならどのような苦労も厭(いと)いませぬ。武家も捨てます、長屋暮らしにも甘んじます」

一座がお咲の思い切った告白に静まり返った。

「猪俣様もお咲様もお幸せな方ですね」

お杏がしみじみと洩らし、

「お咲様、ご安心ください。坂崎様がきっと助けてくださいます。猪俣様とお咲様を国境まで送り届けられますよ」

とおこんが請け合った。

「お咲どの、まず腹拵え（ごしら）をなされ。それがしはその間に夜旅の仕度をいたす」

と言う磐音に、

「坂崎様、それがしもお供します。日田往還から長崎街道の裏道に案内いたします」

と江六が言った。

「それがしも参るぞ」

豹助も言い出した。

「小埜どの、平林どの、そなたらは池内どのと同じ黒田家のご家臣じゃ。家臣同士が争うようなことは避けたほうがよかろう」

「坂崎様、われらはあくまで道案内にございます」

と江六が言い切り、にこりと笑った。

磐音はしばし沈思した。地理不案内の磐音とお咲の二人では、池内らの見張りを避けて夜道を山家まで進むことは並大抵ではあるまい。

「決して手出しはいたさぬと誓われるか」

二人の若侍が大きく頷き、旅仕度を始めた。

四

長崎街道は福岡領内の南の山岳部をほぼ東西に走り、六宿あった。西から原田(はるだ)、山家、内野、飯塚、木屋瀬(こやのせ)、黒崎と続く。また薩摩街道が、長崎街道と交差するように南北に走っていた。

薩摩藩の島津、熊本藩の細川、人吉(ひとよし)藩の相良(さがら)、柳川(やながわ)藩の立花(たちばな)、久留米(くるめ)藩の有馬の五家が薩摩街道を辿り、大村侯と鍋島(なべしま)侯が参勤交代のために長崎街道を伝って、二つの大名街道が合流するところが、宝満山(ほうまんざん)の山かげに隠れた山家宿だ。

西国雄藩の大名行列が通過する山家宿には、身を切るような寒風が吹き抜けていた。

夜明け前、下中お咲を伴った磐音、江六、豹助の四人は峠道に到着した。

「よう歩かれたな」

磐音はお咲を褒めた。

先導する豹助と江六は若く、夜の山道にも慣れていた。また磐音も旅慣れた人間だった。だが、お咲は、日中歩くことも稀な武家の娘だった。それが猪俣との約定を守ろうと必死で男三人に従ってきたのだ。

峠道の向こうの山間にうっすらと薩摩街道が浮かんだ。

「猪俣どのとはどこで落ち合う約束かな」

磐音はこれまで訊かなかったことを確かめた。

「薩摩街道と長崎からの道がぶつかる大股の辻の道しるべに文を残しておくと申されました」

磐音は頷くと江六と豹助を見た。

「坂崎様、間違いなく池内様の手勢が構口から大股の辻を見張っておりましょう。四人で参るのは危ない。われら二人が山家宿に下り、文を回収してきましょうか」

と江六が言った。

「そなたらは道案内で参った者たちだ。この騒ぎにそなたらを巻き込みたくはない」

「とは申されても、四人で行くのは危険です」

「いかにもさようかな」

磐音も思案に余った。

「江六、うちの知り合いが峠を下ったところにある。まずそこを訪ね、坂崎様とお咲どのはその家に残し、われら、変装して大股の辻に参らぬか」

と豹助が言い出した。

「竹家の菊右衛門(きくえもん)を忘れておったぞ」

と江六が喜色を上げた。

「坂崎様、昔から竹家の次男三男坊がうちに奉公する縁でございまして、郡家(こおりや)の水城家にも近い家です」

「郡家とはなんだな」

「他藩の脇本陣とか、郡役所と思うてください」

「迷惑をかけるが、その家までまず下ろうか」

磐音らは再び峠から下りに差しかかった。すると夜明けの空から白いものがちらちらと落ち始めた。

「寒いはずだ、雪が舞ってきましたよ」

と言う江六の息が白かった。

平林家の知り合いの竹家は山家宿の外れ、竹林に囲まれた中農といった趣だった。

長屋門を入ると、

「豹助様、こん雪の中どげんしなさったか」

と老婆が声を張り上げた。

「おとき婆、ちと訳があってのことだ。まずわれらを早う囲炉裏端に案内してくれ」

「こん寒さじゃあくさ、峠で凍り付いたろうもん」

「手足ばかりか顔まで縮くりもうたぞ」

豹助が老婆に応じながら家に入った。するとちょうど朝餉の刻限で、七、八人の家族が大鍋の朝粥を食そうとしていたが、全員が動きを止めた。

「おや、豹助様、どげんなされたな」

竹家の当主の菊右衛門が訝しげな顔をして、

「夜通しかけて大宰府から歩いてきたのだ。朝餉を馳走してくれ」

と応えた豹助が、

「ささっ、坂崎様、お咲どの、お上がりください」

と二人に草鞋(わらじ)を脱ぐことを勧めた。

一斉に家族が動き出した。

「相すまぬ、突然押しかけて迷惑であろう」

と詫びる磐音に、

「豹助様なら、こげんこつは当たり前でございますもん」

と菊右衛門が答え、

「豹助様と小埜の若様は草鞋を脱がんとですか」

と訊いた。

「ちと理由(わけ)がある。ぼろ着を貸してくれぬか。大股の辻まで参りたいのだ」

「大股の辻になんしに行かれますとね」

当然の問いを発する主に、

「道しるべにな、このお方の知り合いが文を残してある。だが、叔父御一味に見張られているのだ」

「豹助様、行くいかんは別にしてくさ、まずこん菊右衛門に事情を話しならんね」

　豹助が磐音を見た。

「主どのに願うならばそれがよかろう」

　磐音の決心に、突然の訪問者の座が囲炉裏端に設けられ、手際よく女衆が四人の朝餉の仕度を始めた。

「寒さにはこれが一番ですたい」

　酒が供され、男三人は茶碗酒を口にしたが、さすがにお咲は飲まなかった。

　磐音が酒を嘗めながら経緯を告げた。

「なんちことな。豹助様方は厄介なこつに巻き込まれましたもんやな」

　お咲が心苦しい顔をした。

「菊右衛門、窮鳥懐に入れば猟師も殺さずの喩えもあるぞ」

　と豹助が的違いの格言を持ち出して胸を張った。

「よか、次郎吉、馬ば引いてくさ、大股の辻に行っちこんね」

　と竹家の次男坊に命じ、心得た次郎吉が蓑と菅笠の外出の仕度をした。

「豹助様、ちいとばっかりくさ、待たんね」

　と言葉を残して消えた。

お咲には薺を煮込んだ粥が供され、磐音らも酒を早々に切り上げて大根の古漬けと梅干で朝餉を馳走になった。

家族はそれぞれ仕事を始め、囲炉裏端は四人だけになった。

囲炉裏の火と粥で体が温まった豹助と江六はごろりと囲炉裏端に横になり、仮眠をとった。おとき婆が二人の若侍に綿入れを掛けた。

磐音とお咲は座したままだ。

「坂崎様、私の我儘でご迷惑をおかけいたします」

「お咲どの、恋を貫くとは、およそそのようなものであろう。苦労は、二人になったときから始まるものじゃ」

「猪俣様と連れ添うのは無謀と申されますか」

「そうではない。好きな相手と添う以上、苦労は致し方ないものだと言うただけじゃ」

お咲がどこか不満げな顔をした。

「お咲どの、それがし、許婚を追ってさる藩を離れた者でな」

お咲が磐音を見たので、磐音は祝言を二日後に控えた許婚の奈緒と別れねばならなかった発端の事件と、その後の二人の運命を語り聞かせた。

お咲が呆然と磐音を見た。

「坂崎様はそのように辛苦の道を選ばれたにも拘らず、奈緒様とは添い遂げられなかったのですか」

「奈緒どのは、ただ今、山形の紅花商人の嫁女になり幸せに暮らしておられる」

お咲が黙り込んだ。

「お咲どの、自ら選んだ道じゃ。苦労もあろうが、共白髪まで添い遂げられよ。祈っており申す」

お咲が素直にも頷いた。

時がゆるゆると流れ、雪はますます激しさを増していた。

次郎吉が出かけて一刻半（三時間）が過ぎ、二刻（四時間）になろうとしていた。

蓑と笠を真っ白にした次郎吉が戻ってきた。

お咲が立ち上がった。

蓑と笠を脱ぎ捨てた次郎吉が囲炉裏の火のそばににじり寄り、凍えた手を火に突き出して暖めようとした。磐音は自在鉤にかかった鉄瓶から白湯を茶碗に注ぎ、

「次郎吉どの、ゆっくりと飲まれよ」

と差し出した。するとその気配に、囲炉裏端で仮眠をとっていた豹助と江六も目を覚ました。

「どうだった、次郎吉」

豹助が訊き、ようやく震えが止まった次郎吉が手をひらひらと横に振った。

次男が帰ってきた様子に菊右衛門が姿を見せた。

「豹助様、大股の辻に茶店があろうが」

「お花茶屋じゃな」

「あん茶店に槍ば持った侍が何人も頑張っておられるもん。道しるべにだれもたい、近づけんもん」

お咲が悲鳴を上げた。

「猪俣平八郎どのの行方は知れぬのであろうな」

磐音の問いに次郎吉が、

「猪俣様と思われるお侍が山家宿で見られておりました。わしの考えじゃあ、猪俣様もなんとかお咲様とくさ、連絡(つなぎ)ばつけとうて、いらいらしながら雪の降る辻ばどっかからくさ、見ておられまっしょ」

と報告した。

お咲が囲炉裏端に立ち上がった。

「どこに参られるな」

と磐音に言われ、お咲は崩れるように腰を落とした。

池内左門次一行は山家宿で二人が落ち合うことを推測したか、だれからか情報を仕入れて、罠（わな）を張っていた。それを知った猪俣は身動きがとれずにいた。

「主どの、この雪はいつまで降り続きますかな」

磐音が訊き、

「今日一日やむことはございまっせんたい。まんず夜半かのう、やむのは」

と菊右衛門が応えた。頷いた磐音が、

「お咲どの、ここは我慢の時です。池内どのらが気を抜かれるのを待つしかござらぬ」

「いつまで待つのでございますか。猪俣様は私が来ぬと考え、一人で峠を越えられるのではございませんか」

と危惧（きぐ）を口にした。

「大股の辻で連絡がつかぬとき、次なる連絡の場所を決めておられようか」

いえ、とお咲が絶望に歪めた顔を横に振った。

「となれば、大股の辻で会うしかござるまい」

「坂崎様、なんぞ策がございますか」

と江六が訊いた。

「この家には迷惑な話でござろうが、雪がやむまでわれらを置いてはもらえぬか」

「そげんこつはよかばってん、どげんしなさるとです」

「まずお咲どのには仮眠してもらおう。長い旅が待っておるでな」

磐音の言葉に、一座の者は磐音に策があるのかないのか見当がつかぬまま、ただ頷いた。

お咲だけが奥の座敷に床を延べられ、体を横にした。磐音ら三人は囲炉裏端を借り受けて体を休めた。

磐音は二刻ほど眠り、目を覚ますとまず表に出て雪を確かめた。

刻限は八つ半（午後三時）の頃合いか。

雪は霏々と降ってすでに五、六寸は積もっていた。

厠で用を足した磐音は、大宰府に残したおこんとお杏の身を案じた。だが今は、お咲と猪俣平八郎の二人をなんとか峠の向こうへ旅立たせることが大切だと思い直した。

竹家では納屋にも囲炉裏が切ってあり、そこで家族や奉公人が作業をしているようだ。納屋の壁に鍬の柄が何本も立てかけてあった。

磐音はその中から長さ四尺余りの柄の一本を選び、母屋に持っていった。

「主どの、この柄を借り受けてよいか」

「好きにしなっせ」

と答えた菊右衛門がなにか磐音に訊きたい素振りを一瞬見せた後、問いの言葉を呑み込んだ。

夕餉には、竹家の家族と磐音ら四人が加わり、塩漬けの鹿肉と野菜を炊き込んだ鍋で黙々と済ませた。

四人の滞在で竹家には重苦しい雰囲気が漂っていた。

時が流れ、厠に立った豹助が、

「雪がやみましたぞ」

と大声を張り上げた。

お咲が磐音を見た。だが、磐音はなにも言わなかった。さらに一刻近くの時が流れ、竹家の家族は眠りに就いていた。

囲炉裏端では菊右衛門と次郎吉が磐音らの相手をして起きていた。

「お咲どの、仕度をなされ」

と磐音が声をかけたのは四つ半（午後十一時）を過ぎた刻限だ。

お咲が頷き、決然と立ち上がった。

「われらも参ります」

「平林どの、小埜どの、そなたらは黒田家のご家臣じゃ。家臣同士が争うてはならぬ。前もっての約定どおり道案内に徹してもらう」

「ならば大股の辻までご案内申します」

「決して争いごとに加わりませぬ」

と二人の若侍が口々に約束し、磐音はそれを拒みきれなかった。

長崎街道と薩摩・日田街道が交差する大股の辻は、青白い月明かりに照らし出されていた。

人ひとり、犬一匹の影も見えない。

寒気だけが辻を覆っていた。

お花茶屋の格子窓の障子が薄く開かれ、明かりが雪の辻に淡く零(こぼ)れていた。

さくさく
と足音が響いた。

旅仕度の女が一人辻に入ってきた。菅笠に竹の杖(つえ)を突き、道中衣を羽織り、足元を足袋と草鞋で固めていた。

女は辻の真ん中に立って石の道しるべを見た。

お花茶屋の中で人の動きがあった。だが、表に出てくる気配はない。

女の吐いた息が白く流れた。

そのとき、長崎街道の冷水(ひやみず)峠の方角に人が立った。

「猪俣様」

女が、お咲が小さな声を上げた。

「お咲どの」

この数日、無住の家に隠れ潜んでいた猪俣がゆっくりとお咲に近付き、二つの影が一つになった。

そのとき、お花茶屋の戸が開かれ、数人の影が辻に現れた。

陣羽織を着た池内左門次がその後から雪の辻に立った。

「叔父上、邪魔立てをなさいますな」

お咲の手に懐剣が抜かれてあった。

「お咲、なにをする所存か」

「お咲は猪俣様と藩外へ出ます。父上の考えには従えませぬ」

「武家の家長の決断はなににも増して重い。下士風情(ふぜい)に騙されおって、なんという振る舞いか」

「叔父上が私どもの行く手を阻むと申されるならば、猪俣様ともども手向かいます」

「おのれ、ぬかしたな」

池内左門次が従者たちに命じた。すると五、六人の家来が二人を囲み、抜刀した。その背後に槍を立てた中間(ちゅうげん)が控えていた。

猪俣平八郎も刀を抜くと、

「池内様、われらが行く手お開けくだされ」

「下郎、おぬしの行く道は地獄よ」

と叫んだ池内が、

「甲吉(こうきち)、槍を持て！」

と従者に叫んだ。

中間が槍を差し出し、池内が赤柄の槍を摑むと革鞘を中間が外した。

月光に穂先がぎらりと光った。

「下郎、成敗してくれん」

穂先が猪俣平八郎に向かって突き出された。

「お待ちあれ」

大股の辻に長閑な声が響いた。

池内が声のしたほうを振り向いた。

鍬の柄を下げた磐音が辻に入ってくると、猪俣平八郎とお咲のかたわらに立った。辻の家の軒下に小埜江六と平林豹助が佇んでいた。

猪俣が訝しげな顔をした。

「平八郎様、私が坂崎様に助勢を願うたのです。皆様方が私を山家まで送り届けてくださいました」

とお咲が説明し、猪俣は事情がよく分からないままに頷き返した。

「池内どの、二人をこのまま発たせてはくれませぬか。お願い申す」

磐音が池内に願い、

「余所者が要らざる差し出口をいたすでない」

と池内が怒鳴り返した。

「致し方ございませぬ」

と応えた磐音が、

「猪俣どの、お咲どの、幸せにな」

と言いかけると、

「参られよ」

と長崎街道最大の難所冷水峠の方角を差した。

「坂崎様、ご恩は生涯忘れませぬ」

お咲の腕を猪俣の手が摑んだ。

磐音の動きを牽制するように槍の穂先が向けられ、池内の従者たちが猪俣とお咲の前に立ち塞がった。

軒下にいた江六と豹助が動いて、猪俣とお咲の加勢をしようとした。

「手出しはならぬ！　そなたらは道案内である、忘れるでない」

と叫んだ磐音は鍬の柄を立て、ゆっくりと正眼に下ろした。

池内左門次が赤柄の槍を扱いて穂先を、

ぴたり
と磐音の胸板に付けた。

雪の辻での二人の間合いはおよそ一間。

池内が穂先を突き出せば磐音の胸に十分届いた。だが、磐音が鍬の柄を振るうには数歩前進する要があった。

「参られよ、池内どの」

磐音が珍しく誘いをかけた。

辻にいるすべての人間の注意を二人の戦いに引き付け、猪俣と池内の従者らの斬り合いを避けようと考えてのことだ。

「小癪（こしゃく）な」

池内の穂先がぎらりと光って突き出され引き戻され、前後の動きが目まぐるしく変じて、

ええいっ！

と裂帛（れっぱく）の気合いが響き、池内の踏み出しとともに、穂先が磐音の胸に向かって伸びた。

正眼の鍬の柄が変転した。

穂先下の千段巻(せんだんまき)を弾くと横に流れ、その穂先を、踏み込んだ磐音の柄が叩いていた。

ぼきり

音が響いて赤柄の槍が二つに折れた。

「な、なんと」

それでも池内は腰の剣には手をかけず、手に残った柄を磐音に向かって突き出した。

磐音も踏み込んだ。

槍の柄と鍬の柄が再びぶつかり、今度は鈍い音を響かせて槍の柄が折れ飛び、磐音がさらに踏み込んで鍬の柄で池内の胴をしたたかに抜いていた。

池内左門次の体が横手に流れ、お花茶屋の戸口にぶつかって崩れ落ちた。

一瞬の戦いだった。

磐音は池内の従者の前に立ち塞がり、

「お手前方の主を医師のもとへ運ばれよ。これ以上の戦いは無用である」

と宣告した。

従者は戦うかどうか思い迷った表情を見せた。だが、主を一撃のもとに叩き伏せた磐音の気迫と技の前に、戦意を喪失させていた。

「ささっ、猪俣どの、お咲どの、旅立たれよ」

猪俣平八郎が磐音に頭を下げ、刀を鞘に戻した。お咲も懐剣を仕舞った。

「坂崎様、参ります」

黒田家を脱藩する男女が雪の峠道へと踏み出した。

その間に池内がお花茶屋の中へと運び込まれた。

辻に残ったのは磐音と江六と豹助の三人だけだ。

風が吹いて、大股の辻の家々の庇（ひさし）に積もっていた雪がはらはらと舞い落ちてきた。

「あの二人、幸せになりますよね」

と江六が磐音に訊いた。

「幸せになってもらわねば、われらの苦労がお節介に終わる」

「いかにもさようです」

豹助が応えた。

峠の上から声が響いてきた。

「おこん様によろしくお伝えくださ い！」

磐音が手を振った。

お咲が合掌して頭を下げた。

江六が、

「猪俣どの、お咲どの、幸せになられよ！」

と叫ぶのへ、二人は手を振り返して白い峠の向こうに姿を溶け込ませた。

第四章　恋の芽生え

一

日中、縁側に陽が射し込んでいたが、座敷との間の障子は締め切られていた。木枯しが吹いていたからだ。

庭木の枝を時折り強く吹く風が揺らし、障子に投げる枝の影を上下に激しく揺さぶっていた。

木枯しは容赦なく障子の隙間から座敷に入り込んできた。だが、幾代も柳次郎も内職の熊手作りの手は休めなかった。

幾代は最前から考えていた。

非役の御家人を支配する小普請組組頭の中野茂三郎から、主の清兵衛に呼び出しが三度来ていた。もはや猶予はならなかった。

品川家はこれまでか。

幾代の胸に陰鬱な気持ちが居座っていた。

どうしたものか、策のないことも分かっていた。

顔を上げ、次男の柳次郎を見た。

貧乏暮らしに負けたように亭主も嫡男も屋敷を出て女に走り、北割下水の品川家がどうなろうといいような振る舞いだった。

御家人とはいえ、公方様の直参には変わりない。その心構えで暮らしてきたが、情けないことに、頼りになるべき男二人がこの体たらくだ。ただ一人、次男の柳次郎が内職も厭わず、日当仕事に精を出して幾代を手伝い、品川家を切り盛りしてきた。

(やはり私の代で終わりであろうか)

と覚悟をつけた幾代の視線に柳次郎が顔を上げ、母親を見た。

「母上、それがし、兄上と会おうと思います」

「和一郎と会うたところで何の役にも立ちますまい。ただそなたが不快になるだけですよ」

内職の手を休めることなく同じことを考えていたか、と幾代は柳次郎が不憫に思えた。

「いえ、それがし、兄上に屋敷に戻ることを願うつもりはございません。兄上には兄上の生きる道がございましょうから」

「ならば和一郎となんで会うな」

「品川家を畳む以上、兄上に知らせぬわけにはいきますまい。父上からはすでに手紙をいただき、当てにするなとの意思は確認いたしました。ですが、兄上は未だこの事態を知らぬわけですから」

「和一郎に会うたところで、まともな返答は戻ってきますまい。そなたに銭をせびるくらいが落ちです」

「兄上は品川家の嫡男です」

「柳次郎、そなたにばかり苦労をかけます」

と詫びた幾代は、

「柳次郎、品川家は私らの代で終わりですね」

「もはや手も策もございますまい」

そう答えながら柳次郎は、

（坂崎さんがいれば）

とふと思った。

だが、磐音は陸路二百八十余里も果ての筑前にいた。

「私ども、どこかに長屋を見つけることになりますな」

「まず屋敷を探すのが先かと存じます」

「九尺二間では内職もままなりませぬ」

幾代はそのことを愚痴（ぐち）た。

「母上、致し方ございませぬ。それがしにいささか考えがなくもありません。ただ、今は兄上に会い、この一件を説明し、断りを入れる。次に小普請組組頭の中野様にお目にかかって実情を申し述べ、裁可を仰ぐ。これしかありますまい」

「そうですね」

「母上、昼餉（ひるげ）を終えたら麻布村まで出かけてきます」

「頼みます」

その会話の後、しばらく母子は口を閉ざした。

重苦しい時間が幾代の気持ちを支配した。

ふと幾代は、柳次郎が品川家断絶のことを幾代ほど悩んでいないのではと考えた。

御家人品川家が存続したところで、扶持米(ふちまい)は何年も先まで札差(ふださし)に差し押さえられ、傾きかけた屋敷があるだけの暮らしだ。

柳次郎は御家人暮らしを思い切って、なにをしようというのか。

「柳次郎」

「どうなされました」

「これからどうしたものかと思いましてな」

「母上、人間(じんかん)至る所青山ありです。くよくよしたところで事情が変わるわけではございません」

「そなた」

母親が考える以上に次男がしっかりと育っていることに幾代は気付かされた。

貧乏暮らしで得た宝は次男だけだったか。

「母上、椎葉家のことを覚えていらっしゃいますか」

柳次郎が唐突に言い出した。

「椎葉弥五郎様は、学問所勤番組頭に出世なされた北割下水の出世頭でしたね。

それがどうなされました」

「先日、両国橋の上で椎葉お有どのとばったりお会いしました」

「お有様ですと。年頃の娘御にお育ちにございましょうな」

幾代が遠くを見る目付きをした。

「はい。見目麗しいお嬢様におなりでした」

「そなた、話をなされたか」

「なにしろ背に内職の荷を負っているものですから、人前で立話もできません」

「不憫なことをさせましたな、柳次郎」

「いえ、内職の荷を届けるのですから致し方ございません。橋を渡ったところで、今津屋の由蔵どのに声をかけられ、今津屋様にお邪魔してお有どのとお話しいたしました」

「まあ」

そんなことが柳次郎にあったとは、幾代はびっくり仰天した。そして、いつぞや、柳次郎が浮き浮きして屋敷に戻ってきた日があったことを思い出した。

「大伝馬町に荷を届けた後、麴町の椎葉様のお屋敷近くまでお送りしました」

「それはようございました」

と答えた幾代は、

「その後、会う約定などなされたか」

と遠慮深げに訊いた。

「湯島天神で一度会いました」

「まあ、そのようなことが」

幾代は改めて柳次郎を見た。

「おかしいですか」

「なにがおかしかろう。ただ、品川家がかような折りにと、そなたを不憫に思うただけです」

「お有どのとは関わりなき品川家の行く末を案じても、どうにもなりますまい」

「とは申せ、そなたが浪々の裏長屋暮らしではのう」

母の想いに気付かぬ振りをした柳次郎は、
柳次郎とお有ではもはや身分が違い過ぎると幾代は思ったのだ。

「母上、残りは戻ってからいたします」

と言うと、麻布村行きの仕度のために立ち上がった。

下総佐倉藩堀田家の西側に、下渋谷村に囲まれるように麻布村があった。南には渋谷川が流れ、麻布村から細い流れが渋谷川に流れ込んでいた。

細流に土橋が架かり、柿の木に何枚か、虫が食った柿紅葉が散り残っていた。

昼下がり、木枯しはやんでいた。

柳次郎は竹薮に囲まれた百姓家のほうを眺めた。兄の和一郎が品川の食売だったおやすと暮らす家から、赤子の泣き声が聞こえてきた。

視線の先に継ぎの当たった、よれよれの浴衣を着た男が姿を見せて、きょろきょろと辺りを窺い、土橋の上の柳次郎を見た。

「おまえか」

兄の和一郎と会うのは四年ぶりか。

「兄者、話があって来た」

「親父が死んだか、それともお袋か」

「父上も母上もご壮健だ」

「貧乏御家人にご壮健もあるものか。親父もお袋も元気なら文句はあるまい」

和一郎が吐き捨てた。

髷は乱れ、月代にはまばらに毛が生え、顔には薄汚く無精髭が伸びていた。その顎を片手で撫でた和一郎が、

「なんの用事だ。おれは忙しい身だ」

と用件を催促した。

柳次郎は品川家廃絶の経緯と諸々を告げた。

「なんだ、そんなことか。それにしても、親父も女をつくって北割下水をおん出たか。お袋が厳しいからな、致し方あるまい」

　とせせら笑った和一郎は、

「扶持米も貰えぬ御家人身分にすがっていても、なんの得もない。潰すも潰さぬも、すでに潰れておるのだ」

「兄者、ならば承知だな」

「いまのおれは品川の家に構っているほどの余裕はない。三人目の子供が生まれて、明日の生計に必死なのだ」

　和一郎が爪の伸びた手を突き出した。

「柳次郎、そなた、持ち合わせがあればいくらか置いていけ」

「兄者、なにをして暮らしておる」

「品川宿であれこれとな、日当稼ぎをしておるわ。だが、おやすの家は親父、お袋の他に爺様婆様までおる。田圃も畠もない水呑み百姓の大家族だ。北割下水の暮らしとおっつかっつだぜ」

と自嘲した。

柳次郎はまさかの場合に用意してきた一分金を兄に渡した。

「一分とは豪儀だな。なんぞよい仕事に恵まれたか」

「母上とそれがしが内職をして得た金子だ」

「ちぇっ。どこも貧乏と縁が切れぬか」

「兄者、自らが選んだ道だ。家族を泣かすでないぞ」

「柳次郎、そなた、一分くらいで兄に説教する気か」

「そのような気はさらさらない」

柳次郎はそう答えると、

「兄者、北割下水に戻ってももはや品川家はない。母上と二人、どこぞの裏長屋に移ることになる。決まったら知らせる」

「北割下水より落ちた暮らしのところにたれが訪ねていくものか。知らせは要らぬ」

「母上に言伝はないのか」

「ない」

と無情に答えた和一郎は竹藪の家に戻りかけ、くるりと月代の伸びた顔を廻(めぐ)らし、

「柳次郎、達者で暮らせ」

と言った。

「兄者もな」

もはや和一郎は答えず、くるりと背を向け、冷や飯草履(ぞうり)を履いた足を引き摺(ず)って家の中に消えた。

一刻(いっとき)(二時間)後、柳次郎の姿は米沢町の角にあった。

今津屋はそろそろ店仕舞いの刻限だ。

「おや、品川様」

と小僧の宮松が箒(ほうき)を手に叫ぶ声を聞いた老分(ろうぶん)番頭の由蔵が、

「品川様、よいところにおいでなされた」

と声をかけてきた。

「お店の前を通りましたゆえ、ご挨拶(あいさつ)だけと思い立ち寄りました。過日はお世話になりました」

「椎葉様のお嬢様とはその後、お会いになりましたかな」

「一度だけ会いました」

「それはいけませぬ、一度と言わず何度でもお誘いなされ。あれほどのお嬢様は、金の草鞋(わらじ)を履いて探してもなかなか見付かりませんぞ」

苦笑いした柳次郎が、

「御用ですか」

「いえ、筑前博多の坂崎様から文が参りましてな、箱崎屋さんの船に摂津まで乗船させてもらうそうで、年内には江戸に戻って参られますぞ」

「それはよかった」

柳次郎はしみじみと答えた。

由蔵が柳次郎の顔を見て、

「本日はどこぞに参られましたかな」

と訊いた。

しばし答えを迷った柳次郎が、

「老分どの、ちと相談がござる。多忙とは存ずるが時間を作ってくだされぬか」

「ならいつもの台所に参りませぬか。話の後、久しぶりに坂崎様とおこんさんの話でもしながら酒でも酌み交わしましょうか」

と誘った。

「お店の仕舞い時分、迷惑でございませぬか」

「私がおらずとも、支配人方が帳簿整理はやってのけられます。用があれば店に行けばよいことです」

と言うと由蔵は、柳次郎に三和土廊下を抜けて台所に廻るように言った。

今津屋の大所帯を賄う台所では、竈にかけた大釜や大鍋から湯気が立ち昇っていた。

「おや、品川様かね」

とおこんのいない台所を仕切るおつねが気付いて声をかけた。

「ちと老分どのと話があってな」

「ならばいつもの席に上がりなされ」

老分番頭の由蔵の座は、台所に黒光りしてそそり立つ大黒柱の下だ。そこには火鉢があって、いつも鉄瓶に湯がしゅんしゅんと沸いていた。

柳次郎が火鉢の脇に腰を下ろそうとすると、おはつが座布団を運んできた。

「おはつちゃん、だいぶ今津屋の暮らしに慣れたようだな」

「はい」

と答えておはつが笑った。

「品川様も、坂崎様が留守で寂しいですか」

「寂しいな。なにか胸の中にぽっかりと穴が開いたようで頼りないのだ」

おはつが笑みで返し、

「全く仰るとおりで困りました」

と言いながら由蔵がやってきた。

「坂崎様と知り合うて、かようにも長い江戸不在は二度目です。まして此度はおこんさんも一緒です。なんだか、毎日の暮らしに張りがございませんでな」

「道場も同じでしょうね」

と柳次郎が応じるところに、今度はおはつが茶の仕度をしてきた。

「まあ、帰ってみえたらみえたで、これまでのようにはいきますまい。じゃが、お二人が江戸におられるとおられないとではえらい違いです」

柳次郎が頷いた。

「品川様、坂崎様方の話をしているときりがありません。品川様の御用からお聞きいたしましょうかな」

姿勢を正した柳次郎は、

「今津屋様は家作をあちこちにお持ちと聞いております。どこぞに空き長屋がございませぬか」

「どなたがお入りですな」

「それがしと母上が住まいます」

由蔵が柳次郎の顔をまじまじと見た。

「品川家は御家人でしたな。ということは拝領屋敷にお住まいのはず。それが外に出るとは異なことです。事情をお話しくださいませんか」

「品川家の恥を話すことです。お聞き苦しいとは存じますが、話さねば頼みの趣旨もご理解いただけませぬな」

と前置きした柳次郎は、父と兄の所業や、小普請組から呼び出しが来ていることなどを告げた。

「なんと、そのような事情（わけ）がございましたか」

と呟（つぶや）いて由蔵は沈思した。

「品川様と母御に長屋をご用意することなど簡単です」

「はい」

「ですが、ここは今しばらく熟慮が必要かと存じますな。品川様もお母上も、品川家を潰したくて廃絶になさるのではございませんな」

「母の気持ちを思うと、父と兄の浅慮を恨みます。ですが、主なく、兄もこのような考え、さらに扶持米は何年先まで担保に入っているか。このようなことでは早晩、御家人株が他人に渡るのは必定、致し方ございませぬ」

「先祖代々の御家人を潰すのは簡単。一方、継承していくのはなかなか至難なことでございましょう。うちにも、金子に困られた御家人のお方から、株を買うてくれぬかという申し出がございます。ですが、うちは両替商が本分、そのような申し出は一切お断りしております」

柳次郎は頷いた。

「直参旗本、御家人が代々公方様にお仕えするのは、万が一の場合、御用に役立つためでございましょう」

「いかにも」

「品川家がここで廃絶すれば、これまでのご先祖の苦労が水の泡になります」

「それも承知ですが、父と兄が情けない状況では、それがしと母では小普請組組頭に会うこともできませんでした。父と兄の考えを得た以上は速やかに処断を仰ぐ要がございましょう」

「品川様、小普請組組頭はどなたですか」

「三組中野茂三郎様です」

「中野様」

と洩らした由蔵は長火鉢の引き出しから筆記道具を出し、筆で名を書き留めた。そしてさらに、

「お父上が御家人株を担保に入れられた札差はどちらかな」

と訊いた。

「蔵前天王町組の鹿島屋利兵衛方です」

「鹿島屋さんね」

とこちらは承知か、頷いた。

「品川様、この一件、由蔵にお任せ願えませぬか」

「しかしそれでは」

「長いお付き合いです。まあ、この由蔵にお任せなされ」

と由蔵が言い切り、柳次郎は頷く他なかった。

二

由蔵の夕餉の誘いを断った柳次郎は両国橋を渡り、両国東広小路に差しかかろうとしていた。そのとき、楊弓場「金的銀的」の朝次親方と竹村武左衛門が立ち話をしているのを見付けた。

武左衛門は仕事帰りか、継ぎのあたったぼろ着姿で大小は差しておらず、体じゅうに疲れを宿していた。

「おおっ、よいところで出会うたな。どうだ、その辺で一杯飲みながら久闊を叙さぬか」

「久闊もなにも、旦那にいきなり言われると恐喝されているようだ。お断りしよう、飲む金子などない」

「いずれも貧乏人ばかりだな」

武左衛門が吐き捨てた。

「その貧乏人に集ろうというのはどなたですかね」

親方が苦笑いした。こちらは仕舞い湯の帰りだろう、手拭いを下げ、さっぱりした顔をしている。

「柳次郎さん、酒を馳走（ちそう）するなんざ大したことはないが、竹村さんはほどを知らないからね、明日の仕事まで差し支える。するてえと仕事を休み、私が石富（いしとみ）の親方に文句を言われるという順だ。目に見えている」

武左衛門は、ただ今東広小路の北側にある駒留（こまどめ）橋の石垣の補修工事を手伝っていて、その仕事を紹介したのは朝次だという。

「親方、仰るとおり、竹村の旦那に酒を飲ませるのは、新たに罪を作るようなものです。私と一緒に戻ります」

と柳次郎が請け合い、武左衛門が舌打ちをした。

「親方はもう一歩だったのに、柳次郎が姿を見せて、纏（まと）まる話をぶち壊してしまった」

とぼやいた武左衛門は諦（あきら）めたか、自ら回向院（えこういん）裏の路地道に歩き出した。

「柳次郎さん、坂崎さんとおこんさんは、まだ江戸に戻ってこないのかね」

「つい先ほど、年の内には帰ってくると今津屋で聞かされたばかりです。筑前博多に逗留（とうりゅう）中だそうです」

「筑前博多か、遠いな」

朝次は西の方角の夜空を見上げた。

「親方、お休みなされ」

柳次郎は親方に挨拶すると、肩を落として歩く武左衛門を追った。

二人は回向院の北側を流れる溝沿い(どぶぞい)に、半欠け長屋のある南割下水を目指した。

「柳次郎、今津屋で仕事か」

「そうではない。麻布村に参った帰りに、坂崎さん方の近況を聞きに立ち寄ったのだ」

と答えた柳次郎は品川家に降りかかる危難を告げた。

「なにっ、品川家は廃絶の危機に見舞われておるのか」

「親父も嫡男の兄も屋敷におらぬではどうにもなるまい。これ以上、組頭の呼び出しを待たせるわけにもいかぬ」

「柳次郎、そなたの家の扶持米は何年も先まで札差に押さえられていたな」

「久しく四十二石のお代を貰うたこともないし、これから先も見込みがない。いつ札差から御家人株の書き換えをと言われても致し方ないところだ」

「住まいはどうする」

「そこだ。坂崎さんの一件もあったが、今津屋の家作に空きがないか訊きに寄ったところだ」

「そなたも幾代どのも、裏長屋暮らしがどれほど厳しいか、承知しておらぬ。おれならば札差になにを言われようと組頭に幾度呼び出されようと、傾きかけた屋敷にしがみついて離さぬぞ」

「そうできればよいのだがな」

「幾代どのとそなたではそれもできまい」

「母上は早、長年住んだ屋敷を立ち退く道具の整理など頭の中で始めておられる」

「銭があればかような苦労はせずに済むのにな」

武左衛門がしみじみと洩らした。

寒風が裏通りの向こうから吹いてきて、二人は首を竦めた。黙したまましばらく歩き続けた二人は、本所亀沢町の辻に差しかかり左手に曲がった。

御米蔵と武家屋敷に挟まれた運河沿いの道は北へ向かっていた。すると一層寒さが募った。

赤い提灯が見えた。上燗屋の明かりだ。

「一杯飲むか、旦那。それくらいの銭はある」

柳次郎の誘いを武左衛門は無視したまま、屋台の前を通り過ぎ、

「かようなとき、飲むとろくなことはない」

と呟いた。

「いかにもさようかな」

「幾代どのとそなたが必死で支えてきた品川家が消えると思うと、酒を飲む気も失せた」

いつもは屋敷に姿を見せては酒を出せ、飲ませろと恥知らずにも催促して、幾代に叱られてばかりの武左衛門だった。母子二人の行く末を考えて暗い気持ちになったらしい。

「旦那、そのように気をかけてくれるとは思いもしなかった」

「北割下水にそなたの屋敷があるとないとではえらい違いよ。おれの逃げ込み場所がまた一つ減る」

「それだけの話か」

「まあな」

柳次郎と武左衛門は寄合杉浦家の屋敷の角で左右に分かれた。

「柳次郎、気を落とすでないぞ。長屋暮らしならいくらでもそれがしが伝授する

でな」

「その折りは頼む」

柳次郎は北に向かって歩いた。途中で大身旗本の屋敷町から御家人屋敷へと変わった。すると辺りの雰囲気が所帯じみてきた。屋敷の中から内職の物音がし、遅い夕餉をとるところか煮魚の匂(にお)いが漂ってきた。

(生まれ育った北割下水とも別れか)

生活臭が漂う御家人町に愛おしささえ感じる柳次郎だった。

北割下水に突き当たり、河岸(かし)道に曲がった。

品川家はもうすぐだ。

腹も減っていた。

帰宅の刻限を母に告げることなく出てきたが、なんぞ食べるものは残っていようか、と考えながら最後の道を進んでいた柳次郎に、雪を感じさせる寒風が夜空から吹き下ろしてきた。

「うっ、寒いぞ」

と思わず洩らした柳次郎の前に、

のそり

という感じで二つの人影が立った。

羽織は着ていたが浪人者だ。

「品川柳次郎とはそのほうか」

「いかにもさようだが」

相手が頷き合うように暗がりで顔を動かした。雲間を割った月明かりが射し込んできて、相手の人相風体を浮かび上がらせたが、覚えのない者たちだ。

一人はひょろりとした痩身で、もう一人は小太りだ。

「なに用かな」

柳次郎は用心深く間合いをとり、いつでも対応できるように腰を動かし、刀の柄の位置を変えた。二人の動きに不穏なものを感じたからだ。

「椎葉お有から手を引け」

「はあ」

思いがけないことを聞かされた柳次郎からは、そのような言葉しか口を衝いて出なかった。

「そなたら、何者だ」

「そのようなことはどうでもよい。こいつは冗談ではない、警告だぞ」

「椎葉お有どのとそれがしは幼馴染み、最近偶さか出会うて話はしたが、それだけのことだ。なにより、そのほうらになんの関わりもなきことであろう」

「関わりがあるゆえ、こうして待ち受けておったのだ。痛い目に遭わぬと分からぬか」

背の高い、ひょろり侍が刀を抜き、もう一方の小太りの浪人も続いた。

「やめておけ。この界隈は御家人屋敷、それがしが叫べば仲間が飛び出してくるぞ」

と柳次郎が言った。すると二人がせせら笑った。

「北割下水の御家人にそのような情がある者がいようか。そなたが助けてくれと叫んでも知らぬ顔だ」

北割下水の冷たい付き合いを承知のようだ。

柳次郎は刀の柄に手をかけた。

二対一の戦いだ。

相手の剣の力は分からなかった。だが、刺客を頼まれるほどの連中だ。それなりに自信があってのことだろう。

柳次郎はふと気付いた。

地の利はおれが有利だと考える気持ちの余裕があったことをだ。

坂崎磐音と付き合うようになり、幾多の修羅場を潜ってきて、いつの間にか肚が据わったか。それとも北割下水の屋敷を出なければならない怒りが、柳次郎に戦いを望ませたか。

「お相手いたそう」

柳次郎はそろりと剣を抜くと、北割下水を背にするように位置を変えた。

この界隈の河岸道ならばすべてを承知していた。

北割下水を背に剣を正眼に置いた。そのかたわらに立ち腐れた木株があった。枯れた柳が強風に倒れ、いつの間にか高さ七、八寸の腐れ株だけが残ったのだ。

「参るぞ、塚越氏」

「おう」

ひょろり侍が小太りに誘いをかけ、一歩踏み込んできた。剣を八双に立てているのが月明かりに確かめられた。もう一方は正眼だ。

柳次郎はすうっと踏み込み、誘いをかけると、ふわりと元の場所に飛び退った。

その動きにひょろり侍が釣り出されて、八双の剣を振り下ろしつつ、踏み込んできた。

柳次郎はさらに横手に身を外しながら、八双を受けた。

ちゃりん

と刃と刃（やいば）がぶつかり火花が散った。

「あっ」

と悲鳴が起こったのは次の瞬間だ。

ひょろり侍が柳次郎の動きに合わせて踏み込み、腐れ株に足を取られて体を泳がせ、北割下水へと転がり落ちた。

ちゃぽん

このところ雨が降っていないせいで水は深くはない。泥濘（ぬかるみ）に落ちた気配があったがそれでも水音がした。浅瀬の溝水に顔でも突っ込ませたか。

柳次郎は相手が一人になり、気持ちに余裕が出た。

「参られよ」

柳次郎は小太りの浪人に、正眼に戻した剣で踏み込んだ。相手がその分下がった。これで柳次郎は勢い付いた。

「それでは頼まれ仕事になるまい」

柳次郎はさらに前進した。

「くそっ」

塚越と呼ばれた浪人は、対岸にひょろり侍が這い上がるのをちらりと確かめ、

「出直しだ、山江」

と叫びかけると踵を返して逃げ出した。

柳次郎は北割下水の向こう岸を見た。北割下水の泥濘に落ちたひょろり侍の山江がよろめく足どりで河岸道に這い上がり、路地の奥に逃げ込むのが確かめられた。

柳次郎は高揚した気持ちで剣を鞘に納めた。

（品川柳次郎、なかなかやるではないか）

自らを褒めた柳次郎は、

（椎葉お有どのに災いが降りかかっているのか）

と気にかけた。そして、なんとなく二人の襲撃者の首尾を確かめていた人物が潜んでいたようだと推測した。

品川家の傾いた門に辿り着いたとき、母の身を案じた。

（あの二人が母を襲ったとしたら）

柳次郎は背筋に走った恐怖を振り払い、一旦納めた刀の鞘に手をかけて、玄関先まで走り込んだ。

「母上、母上！」

奥で夜鍋仕事をしている様子で明かりが点っていたが、

「なんですね、大声を出して」

と言いながら、幾代が玄関に出てきた。

「ふうっ」

と柳次郎は息を吐き、刀の鞘から手を離し、腰から鞘ごと抜いた。

「どうしたのです」

「いえ、なんでもございません」

柳次郎は玄関先に化粧の匂いがかすかに漂っていることに気付かされた。だが、化粧っ気のある女が品川家の玄関に立つことなどまずない。

間違いじゃな、と柳次郎は思いながら、座敷に上がった。

「お腹も空いたことでしょう」

柳次郎は大小を刀架に置き、羽織と袴を脱いだ。普段着に着替えて台所に行くと幾代が汁を温めていた。膳二つに布巾がかかっていた。

「おや、母上もまだでしたか」

「そなたの帰りを待っていたのです」

「今宵も鰯かな」

と布巾を取った柳次郎は驚いた。寒鰤の焼物の大きな切り身が皿に載っていたからだ。それに椎茸、人参、里芋、昆布の煮付けがあった。

幾代が汁椀を運んできた。

「大蛤の潮汁ですよ」

「母上、どうなされたのです」

「どうとはなんのことです」

「いつもは目刺か鰯の煮付けです。このような馳走が並ぶとは、訝しゅうございます。まるで盆か正月のようです」

「ふふふっ」

と幾代が笑った。

「柳次郎、お有様がお訪ねになり、しばらく話をしていかれました。柳次郎が留守でなんとも残念な様子でしたよ」

「お有どのが見えられた」

先ほどの頼りのない刺客はお有を尾行してきたのかと柳次郎は思い付いた。

「嬉しくはないのですか」

「いえ、驚きました」

「寒鰤を半身と大蛤をお持ちになったのです。それでな、坂崎様から頂いた冬茹と野菜を煮たりしてみました」

「そうでしたか」

「お有様はよいお嬢様にお育ちになられました」

「いかにもさようです」

「お有様は、うちのことを案じて見えられたのです。柳次郎が話したそうな」

「両国橋の上でつい口走ってしまったのです」

頷いた幾代が、

「お有様にはな、もう覚悟は付きました、柳次郎と二人で町屋にひき移り、ひっそりと暮らします、とお伝えしました」

「なにか申されましたか」

「お手伝いができればよいのですが、と申されて非力を嘆かれておられましたぞ」

「お気持ちだけで十分です、母上」

「いかにもさようです。それにしても清兵衛どのがいま少し精を出されるならば、そなたにも違うた道があったろうにな」

母がなにを考えているか柳次郎には察しが付いた。だが、いかようにもならぬ運命だった。

「母上、兄上は元気でした」

「返答は聞かずとも分かります。品川の家に関わる気持ちなどさらさらないと言うたか」

柳次郎は苦笑いした。

「ともかく父上、兄上には品川家廃絶のことを伝え、了承を得たということです」

「柳次郎、明日にも組頭に会いますか」

「母上、気持ちの整理を付けとうございます。数日、待ってはいただけませぬか」

今津屋の老分番頭由蔵の言葉を当てにしたわけではないが、その返答を待って行動に移してもよかろうと考えたのだ。

「荷物の整理もありますでな」

と応じた幾代が、

「酒がいくらか残っていたと思います。お有様ご持参の寒鰤を菜に、北割下水の屋敷を立ち退く宴（うたげ）を催しましょうかな」

と立ち上がった幾代が、

「あ、そうそう大事なことを忘れておりましたよ」

「改まってなんでございますか」

「お有様がそなたに文を残していかれました」

幾代が襟（えり）の間から結び文を出して柳次郎に差し出した。

三

柳次郎は日比谷堀から桜田堀へとせっせと歩いていた。

穏やかな陽射しが散って、堀の水も温（ぬる）んでいた。そのせいか、番（つがい）の水鳥がのどかに水面を泳いでいるのが見えた。

柳次郎はお有の残した文の意を考えた。

「柳次郎様、ご相談があって北割下水に参りました。お留守と聞き、幾代様に置手紙を致します。ご都合がお付きなるならば、わが屋敷近くの平川天満宮の社殿に、明日八つ（午後二時）の刻限お出で下されたくお願い申します。有」

相談とはなにか。

また柳次郎を襲った二人の浪人の動きと関わりがあることか。

柳次郎は北割下水を出たときから何度も繰り返し考えた。だが、答えは見付からなかった。

指定された平川村の天満宮は太田道灌が文明十年（一四七八）に勧請、家康入国後に平川門外を経て、慶長十一年（一六〇六）にこの地に移ってきたものだ。

江戸城築城のために、点在していた平川村の家屋が集められ、平川町として繁華になっていた。

柳次郎は播磨明石藩の松平家と、定火消を拝命する大身旗本の神保家の間の小路に曲がった。真っ直ぐに伸びた道を突き当たると、馬場が見えた。その辻を右に折れ、しばらく進むと平川天満宮の参道前に出た。

柳次郎は足を止め、息を整えた。

幾代は文がお有の誘いだと知ると、

「柳次郎、お有様のお力になりなされ。そうじゃ、いつもの普段着ではまずかろう。かようなこともあろうかと、母が仕立てた小袖と羽織袴を着て行きなされ」

といつの間に用意していたか、真新しい小紋の小袖を出してみせた。

「母上、どのようなご相談かしれません。それがしが一人着飾っていくのも奇妙です。まずは普段着で参ります」

と断ると、

「お有様の体面に差し支えぬものかな」

と案じた。

「なぜそれがしの衣服がお有どのの体面に差し支えるのです」

と抵抗する柳次郎に幾代は、

「いくらなんでも内職の臭いが染みた袷ではお有様に失礼です」

と言い張り、古着ながら洗い張りした小袖に袴を穿かされ、清兵衛の羽織を着せられて、柳次郎は屋敷を出てきたのだ。

八つまでには半刻（一時間）ほど余裕があった。

柳次郎は元山王の坂道から鳥居を潜り、参道に入った。

さほど大きな社地ではない。馬場から馬の調練でもする物音と声が響いてきた。

境内(けいだい)の竹垣の前に、紅色に熟した南天の実が陽射しに美しく浮かんでいた。

柳次郎は社殿の前に立つと頭を下げて柏手(かしわで)を打った。そして、賽銭箱(さいせんばこ)になにがしかの銭を投げ入れた。

その音が消えぬうちに背で声がした。

「柳次郎様、ご足労をおかけしました」

振り向くと、息を弾ませたお有が立っていた。胸の前に風呂敷包みを両手で抱いていた。

「どうなされた」

「屋敷を出て参りました」

「屋敷を出たとはまたどういうことかな」

「二日前、八幡様が突然わが屋敷に参られ、私の顔を見て行かれました。その後、父上が急に八幡様との縁談を進めるようになりまして、私は居場所がございません」

「なんとのう。弥五郎様もちと早計な」

「柳次郎様は、今津屋様で、そのようなところには嫁に行くなと申されましたな」

「いかにも申したが」

「ならばお有をどこぞにお連れください」

お有の顔は真剣だった。

「お有どの、落ち着きなされ」

「お有は落ち着いております。何度も考えた末のことです。八幡鉄之進様は好色なお方です。虫酸（むしず）が走るような目付きで私を品定めして行かれました。父はその方から持参金を受け取ったようで、急に私の嫁入りを急がれるようになりました」

「ちと尋ねる。椎葉家は娘のそなたを嫁に出し、持参金を必要とするほど手元不如意（ふにょい）かな」

「柳次郎様、父は弟の佐太郎（すけたろう）を昌平坂の学問所に入れようと無理をなされておられます」

佐太郎は椎葉家の嫡男で十二、三歳になるはずだ。

「学問所に入るのに金子がかかるのか」

御家人の次男坊では理解の付かぬことだった。

「学問所に入るのは大変難しいそうです。それで学問所に関わりのある先生について勉学に励むには、束脩(そくしゅう)がかかるとのことでございます」

「なんとのう」

「柳次郎様、佐太郎が学問所に入ることを阻む気持ちはございません。ですが、佐太郎が先々お役を得るために私が犠牲になるのは嫌でございます」

とお有が言い切った。

「父上は行儀見習いに八幡家に参れと申されます。嫁入りとは名ばかりで、体よく妾(めかけ)に出されるのです」

「驚いたな」

「柳次郎様、私がそのような狒狒(ひひ)親父に汚されてもよいのですか」

お有は思い詰めた様子で大胆なことを口走った。

「母御はなんと申されておられる」

「母上は昔から父上の言いなりです」

「そうか、そうだな。大人しいお方であったと記憶しておる」

と応じた柳次郎は、

(どうしたものか)

と思案した。

「柳次郎様、のんびりしてはおられません。八幡様は屋敷に剣術家の浪人を何人も住まわせておられると、出入りの商人が申しております」

柳次郎がお有の顔を見た。

「いえ、ほんとうのことでございます。なんでも八幡様の屋敷では毎晩のように賭博が行われて沢山の客が出入りしているそうです。それで用心棒侍が詰めているのだそうでございます」

「お有どの、昨日わが家を訪ねてくれたな」

「柳次郎様はそれでこちらに参られたのでございましょう」

「いかにもさようだ。そのことで話がある」

「なんでございましょう」

「昨夜、わが家の近くで二人の浪人者に襲われた」

「まあっ」

とお有がぽっかりと愛らしい口を開けた。

「お怪我はございませんよね、柳次郎様」

「怪我は、このとおりない。だがその者たちは、椎葉お有から手を引け、と申してそれがしに襲いかかったのだ。しかし、大した腕の者ではなかった。軽く叩き伏せておいた」

柳次郎はなんとなくお有の前で胸を張った。

「柳次郎様、お強いのですね」

「いや、相手が弱かったのだ」

「その者たちは間違いなく八幡家に飼われている浪人者です。なんでも頭分は浜村弾正という名の剣術家で、達人だそうです」

「八幡なる御書院御番組頭、許し難い人物かな」

「でございましょう」

お有が言ったとき、二人の背後に人影が立った。

「姉上、父上がお呼びです」

話に夢中になっていた二人は、椎葉家の嫡男の佐太郎が歩み寄ったことに気付かなかった。

「佐太郎、私はもう屋敷には戻りませぬ」

そう宣言した姉を弟が睨み付け、さらに視線を柳次郎に送った。

「佐太郎どの、そなた、北割下水のこと覚えておいでか」

暗い眼差し（まなざし）の佐太郎が柳次郎を値踏みするように見た。

「佐太郎は本所のことは一切覚えておりませぬ」

佐太郎が吐き捨てた。

「北割下水を出られた折り、三、四歳であったゆえ、無理からぬことだ」

柳次郎の言葉にはもはや応じぬようで、

「姉上、屋敷に戻りますぞ」

とさらに命じた。

「戻らぬと申しました」

「八幡様の屋敷に使いが出されました。あちらからご家来衆が駆け付けられますぞ」

「佐太郎、そなただけ屋敷に戻りなされ」

お有が姉の貫禄（かんろく）で命じ、

「父上がなんと申されますか」

という言葉を残して佐太郎はばたばたと草履の音を響かせ、椎葉家のある平川町二丁目へと走り戻っていった。

「柳次郎様、もはや余裕はございません」

「そのようだな」

柳次郎は覚悟をするしかなかった。だが、お有をどこへ連れていけばよいのか。北割下水の品川家は椎葉家がよく知るところだ。また昨夜の用心棒の一件もあった。

「八幡の屋敷はどこにあるな」

「麴町五丁目の北側、善国寺谷通ですけど」

と答えたお有は、

「柳次郎様、私はそんなところに行くのは嫌です」

と叫んだ。

「そうではない。八幡の用心棒侍と鉢合わせしたくないゆえ屋敷の場所を訊いたのだ」

と答えた柳次郎の胸にお有の隠れ家が一つ浮かんだ。

「参ろうか、包みをお貸しなされ」

柳次郎はお有から風呂敷包みを受け取ると、手を引いて平川天満宮の裏手に走り込んだ。

一刻後、柳次郎がお有を伴ったのは、神保小路の尚武館佐々木玲圓道場だ。

七つ（午後四時）の刻限、そろそろ夕稽古が始まろうとしていた。道場の式台前に数人の門弟が集まり、梁に掲げられた、

「尚武館」

の扁額を見上げていた。

尚武館の文字を書いたのは東叡山寛永寺円頓院の座主天慧師で、その文字が篆刻されたのは、佐々木家の敷地から出てきた埋もれ木の欅だ。それまで掛けられていたのは仮の額であった。扁額に仕上げる作業を請け負ったのは江戸でも有数の銘木問屋の飛騨屋だ。

数日前にその扁額が出来上がり、飛騨屋の職人の手で掲げられた。そのせいで道場の玄関が一段と格調高いものに変わっていた。

「本多どの」

と呼びかけた柳次郎が、

「いや、今は依田鐘四郎様でしたね」

と慌てて言い直した。振り向いた鐘四郎が、

「おや、品川どのではないか」

と柳次郎を振り返り、かたわらに立つお有の姿を見て訝しげな顔になり、

「坂崎はまだ戻っておらぬぞ」

と柳次郎に言った。

「それは承知です。本日はちと佐々木先生に不躾なお願いがございまして罷り越しました。先生はご在宅にござろうか」

と柳次郎が緊張の様子で応えた。

「先生はおられる。参られよ。それがしが案内いたそう」

稽古着姿の依田鐘四郎が気軽に、二人の訪問者を母屋に案内していった。

「先生、品川柳次郎どのが、先生にお願いの儀があると参っておられます」

佐々木玲圓は書状を認めていたが、鐘四郎の声に顔を上げた。かたわらでおえいが硯の墨を磨る手伝いをしていた。

「おおっ、品川どのか。坂崎が不在ゆえこちらに足を向けられぬと思うておったが、久しいな」

玲圓が、緊張した表情で廊下に座して平伏する柳次郎を見、そのかたわらに置かれた風呂敷包みとお有に視線を移し、おえいと顔を見合わせた。

「どうなされたな」

「坂崎さんがおられれば、坂崎さんにご相談申し上げることにございます。ですが江戸を留守にされておられるゆえ、思い余って不躾にも佐々木先生にお願いいたすべく罷り越しました」

「坂崎磐音はわが倅となる者じゃ。その者が不在ならば、家人のそれがしが承るのは当然のことじゃ。申されよ」

「こちらの女性、しばらくの間、こちらに匿うていただくわけには参りませぬか」

「ほう、このお方を匿えとな。匿わんでもないが、事情を話されぬか」

「申し上げます」

と前置きした柳次郎はすべてを告げた。

お有には佐々木玲圓のことを話し、そこに匿うてもらおうと考えているが、そのためには経緯をすべて述べることが肝心だと、了解を得ようとした。

「佐々木玲圓様と申されれば、当代一の剣術家でございますね」

「いかにもさようじゃ。それがしの友が佐々木家の養子に入る坂崎さんでな、その関わりで親しく付き合いをさせてもらっておる」

「坂崎様とおこんさんの名、今津屋でもお聞きいたしましたね」

「今津屋も佐々木道場も、坂崎さんを中心に広がった人の輪だ。お二人が帰府なされたら、そなたにも引き合わせよう」

と言い、お有を得心させたのだ。

「そのようなお方のもとに住まうことができましょうか」

お有が不安の色を見せた。

「ともあれ、お願いしてみよう」

柳次郎の言葉で二人は佐々木道場を訪ねてきたのだった。

「なんとのう」

柳次郎の話を聞いた玲圓が呆れた顔付きで思わず洩らした。

「御書院番とあらば、上様のお近くにお仕えいたす直参旗本である。その者が嫁女を何度も貰い、離縁を重ね、此度はお有どのに目を付けたというわけじゃな」

「いかにもさようでございます」

柳次郎の返答におえいが、

「おまえ様、呆れたというしか言葉がございませぬな」

と顔を顰めた。

柳次郎とお有を案内してきた鐘四郎もその場に残り、話を聞いていたが、

「先生、身分のある旗本が屋敷で賭場を開くのも言語道断にございますぞ」

と声を張り上げた。頷いた玲圓が、

「品川どの、お有どのをわが屋敷で預かろう。安心なされよ。のう、おえい」

と内儀に断ると、

「承知しました」

とおえいがあっさり請け合った。

「佐々木先生、お内儀様、不躾なお願いにて、心苦しく思います」

「なんの、お有様、そなたにはなんの罪科もありませんよ」

おえいが胸を叩くように言い、柳次郎までが、

「お有どの、佐々木道場ならば大船に乗ったつもりで日を過ごされてもよいぞ。もし八幡某家の用心棒侍が訪ねてこようと、こちらは江戸一の道場。相手もうかうかとは手が出せまい」

と、ほっとした表情を見せた。

「鐘四郎、ちと頼みがある」

「なんでございますな」

「坂崎がおれば坂崎が動くところであろうが、おらぬゆえ、南町の木下どのに面会いたし、八幡某なる御書院番の所業を調べてもらえぬか。餅は餅屋に任せたほうがよかろう」

「おおっ、それはよいお考えです。早速、お願いに参ります」

「ならばそれがしもお供をいたします」

と柳次郎もかたわらから言い出し、立ち上がろうとした。

「まあ、二人して一刻を争うこともあるまい。おえい、茶でも淹れてくれぬか」

とおえいに願った玲圓が、

「品川どの、そなたにちと話しておきたいことがござる」

と言い出した。

「佐々木先生、なんでございましょうか」

浮かしかけた腰をまた落とした柳次郎が顔を硬直させた。

「そう構えぬでもよい」

「はい」

「物事には潮時というものがござる。急ぎ事を進めたところで益なきこともござろう。この数日、泰然自若として、武田信玄公の不動如山を真似てござれ」

と謎めいた言葉を吐いた。

「不動如山、でございますか」

「いかにもさよう」

玲圓がにたりと笑った。

四

御書院御番頭は御小姓組と同じように将軍を護る役目を負っていた。

平時は営中の儀式や将軍の給仕などに従事し、将軍出行の場合は乗り物の前後を固めて、警護に当たった。

一番組から六番組まであり、四千石高で諸大夫菊の間席であった。

この御書院御番頭を補佐するために寛永九年（一六三二）に設けられたのが、御書院御番組頭である。六人の御番頭と同じく六番組まであって、御番頭を補佐し、組衆を指揮する武官であった。

布衣千石高で、城中詰の間は菊の間南御襖際席である。

八幡家は代々この御書院番四組組頭を務め、当代の鉄之進も同職にある。

長屋門のある屋敷は麴町五丁目の北、善国寺谷通にあった。その屋敷の広さはおよそ八百余坪、手入れのよい庭木と竹林が植えられた様子が、善国寺谷通からも窺えた。

南町奉行所定廻り同心の木下一郎太と品川柳次郎は、麴町の通りと武家地に東西に伸びた火除け地の辻にある番屋を拠点に、八幡家を見張る数日を過ごしていた。

一郎太は非番月にあたり、柳次郎の訪問を受けて佐々木玲圓の意が伝えられると、柳次郎を伴った一郎太は年番方与力の笹塚孫一と面会した。

柳次郎から事情を聞いた南町の知恵袋の大頭与力がしばし沈思し、

「一郎太、そなた、浪人姿に扮し、品川どのとともに麴町の八幡家の出入りを探れ。賭博の常習となれば、夜の出入りをしっかりと見張ることになろう」

「畏まりました」

「それだけの賭場となると客は大身の武家、大店の主、僧侶、医師あたりかのう。町人の身許をしっかりと調べておけ」

「町人だけで宜しいので」

「愚か者が」

と機嫌のよい顔で叱った笹塚が、

「一郎太、八幡家に出入りする者すべてのあたりをつけぬでどうする。だがな、一郎太、旗本や坊主ではうちは手が出せぬ。その点、大店の主が賭場通いとなれば町奉行所が動いて、取り締まり並びに指導はいくらもできようが」

「は、はあん。笹塚様が後々乗り込まれて、お目こぼし料を強要なさるわけですね」

「これ、一郎太。強要とはなんだ、人聞きが悪いではないか。この騒ぎで大店が潰れては大勢の奉公人が路頭に迷うことになる。それでは町奉行所たるものの役目が果たせぬ。そこでじゃ、主に灸(きゅう)を据える意味合いで、なにがしかのものを寄進してもらう。その代わり、お店はしっかりと商いに精出してもらおうという話じゃ」

笹塚孫一は、恒常的に足りない町奉行所の探索費を、悪人が盗み溜(た)めた中から持ち主が不明で返却できない金子の一部を徴収し、奉行所の探索費に充てていた。

笹塚がこの金子を一銭たりとも私欲に使うことがないことを配下の与力同心は承知していたため、歴代の奉行も笹塚の、

「荒業」

を黙認してきた。

それにしても直参旗本の御書院御番組頭が賭場を常設しているなど、聞いたこともない。

大体、拝領屋敷を利用しての賭場は御城から離れた、川向こうの本所深川の非役の旗本屋敷か、外様（とざま）大名家の下屋敷の中間部屋が相場と決まっていた。

善国寺谷通は御城の西と近く、内堀と外堀の間に広がる武家地の一角だ。

一郎太は本所から地蔵の竹蔵（たけぞう）親分を呼び寄せ、柳次郎とともに八幡家の見張りを始めて、すでに四日が過ぎていた。

八幡家の屋敷の長屋門はぴたりと暮れ六つ（午後六時）には閉じられた。

その一刻後の頃合いから非常門（裏門）の出入りが激しくなった。

乗り物、駕籠（かご）が次々に乗り入れられ、再び非常門から駕籠が姿を見せるのは七つ（午前四時）の刻限だ。

その出入りは二日に一度、判を押したように行われた。

懐が豊かな賭場の常連客はおよそ四、五十人か。八幡家では客をしっかりと選んで賭場に出入りさせていた。

この日も一郎太と柳次郎が番屋に詰めていると、五つ（午後八時）過ぎに地蔵の竹蔵親分が職人の頭といった形(なり)で火除け地の番屋に姿を見せた。

「柳次郎さん、佐々木先生がお呼びですぜ」

「承知した」

柳次郎が番屋から神保小路に出向こうとすると、

「今宵いよいよ出番かな」

と一郎太が張り切った。

「速水様も御出馬と聞いております」

「よし、竹蔵。うちの与力どのにもこの一件知らせよ」

「へえっ、合点で」

柳次郎と竹蔵は番屋を一緒に出た。

二人は武家地の間の通りを抜けて三番町通に出た。その通りをひたすら田安門に向かって進み、九段坂から俎橋(まないたばし)を渡ったところで二人は別れた。

「柳次郎さん、あちらでお会いしましょうぜ」

「気を付けてな、地蔵の親分」

南町奉行所に走る竹蔵の背を見送った柳次郎は、神保小路の尚武館佐々木玲圓道場の門を潜った。するとすでに玄関先に一丁の乗り物が待機していた。

「品川どの、見えられたか」

依田鐘四郎が嬉しそうに柳次郎を出迎え、

「形を変えていただこう。衣服はすでに用意してあるでな」

と言った。

「それがしの出番を作っていただきましたか」

柳次郎は八幡家の取り締まりに際してなんぞ働き場所を願っていた。元々この話、椎葉お有が柳次郎に持ち込んだ話だ。柳次郎が先陣を切って汗をかかねば、お有にも申し開きが立たなかった。

道場の控え部屋には小姓のお仕着せがあった。

「ほほう、それがし、御小姓姿で速水様にお供しますか。ちと年を食って小姓というには無理があるな」

と言いながらも着替えた。

「佐々木先生もご一緒です」

「それは心強い」

柳次郎は小姓姿に身を包み、帯を締めて大小を差し込んだ。

玄関に戻ると、宗匠風の格好をし、竹杖を突いた速水左近と、お付きの警護役といった形の佐々木玲圓がすでにいた。

「速水様、佐々木先生、ご苦労に存じます」

「なあに今宵は酔狂でな。とは申せ、御書院御番組頭が不埒な真似をしておることに変わりない。きついお灸を据えてやらねば示しがつかぬわ」

と宗匠姿の速水が張り切り、乗り物に乗り込んだ。

柳次郎らは、この数日の探索で、八幡家の常連の一人に俳壇孤狐を主宰する田野村常鴛がいることを摑んでいた。

常鴛こと、旗本寄合四千二百石の田野村筑後守忠常は、数年前に足を悪くして隠居し、根津に草庵を設けた。現役の頃から得意だった俳句を教え、その門弟数百人といわれる江戸の俳壇の旗頭の一人だ。

速水左近と佐々木玲圓が乗り込むにあたり、この田野村に扮することにした。

もちろん前もって速水が田野村に面会し、

「田野村どの、八幡屋敷通いはやめにしてくだされよ」

と前もって意を含めていた。

禄高では田野村家が上だが、速水左近は、上様側近中の側近、老中も遠慮する御側御用取次であった。田野村としては、

「は、はあっ。風流を嗜むそれがしとしたことが、愚かなことをしでかしてしまいました。お目こぼしのほどを」

と平伏して畏まるしかない。

田野村から乗り物や衣装を借り受け、速水左近が田野村常駕に、佐々木玲圓が警護役の侍に、柳次郎が付き添いの小姓に扮しての八幡家乗り込みだ。

乗り物を担ぐのは、でぶ軍鶏こと重富利次郎ら尚武館の門弟四人だ。

「参りましょうかな」

玲圓の声に利次郎らが乗り物を肩に担いだ。

「これ、腰がふらついておる」

依田鐘四郎に怒鳴られた利次郎らが、

「なかなか呼吸を合わせるのが難しいぞ」

と言いながらも、そこは剣術で鍛えた体だ。なんとかかたちになり、尚武館道場の門を出た。

神保小路から善国寺谷通までは、武家屋敷を抜けて坂を上がらねばならなかった。するとまた利次郎らが担ぐ乗り物が揺れた。

「しっかりいたせ。乗り物の中の宗匠様が酔われるぞ」

玲圓に注意されながらも善国寺谷通八幡家の非常門に到着した。

お付きの小姓に化けた柳次郎が、

「田野村常鴛一行にございます」

と門番に挨拶すると、暗い門前、

「お通りください」

とすぐに中へ入ることが許された。

柳次郎は、竹林が配された向こうに用心棒らしき剣術家らの姿があるのを目に留めた。石畳の道がうねうねと曲がり、裏口前で乗り物が停止させられた。

八幡家の若侍か、身許（みもと）を確かめるように立ちはだかった。

「田野村常鴛にございます」

柳次郎が機先を制して言い、乗り物の扉が引き開けられると、利次郎らが草履を揃（そろ）え、杖を差し出した。

「お通りくだされ」

重富利次郎らは庭の供待ち小屋に、警護役の佐々木玲圓は控え部屋に通され、小姓姿の柳次郎が杖を突いた常鴛の速水に従い、母屋から離れの賭場へと導かれた。

屋敷の外には、賭場が醸し出す熱気やざわめきは一切聞こえなかった。それは八百余坪の敷地のあちらこちらに配された鬱蒼とした庭木と竹林が、その気配を外に洩らさないためだった。

だが、母屋から渡り廊下に出るとさすがに煌々とした離れの明かりが庭に洩れ、大勢の人の熱気が伝わってきた。

賭場の前の廊下で速水と柳次郎は再び止められたが、杖を突いた宗匠姿、すぐに、

「どうぞ」

と仕切りの障子が開けられた。するとまず、もうもうたる煙草の煙が速水と柳次郎に襲いかかった。

釣り行灯が低く何基も点され、明かりは駒札と賽の動きが分かるように白い布の上だけを照らしていた。ために客の顔はよく見分けられなかった。

客はおよそ四、五十人か。

壺振りは京友禅の振袖を諸肌脱ぎにした若い娘で、乳房を隠してきりりと晒を巻いていた。だが、だれもが賽の動きしか注視していなかった。

賭場は数人の渡世人を省いて八幡家の家来が仕切っているようだ。

常鶯こと速水は、盆茣蓙の一角に席が設えられ、その後方に小姓の柳次郎が控えた。すぐに煙草盆とお茶が運ばれてきて、柳次郎が切餅二つを駒札に替えた。

このようなことは本物の常鶯から聞き知ったことだ。

「二六の丁にございます」

と壺振りの娘の声が盆茣蓙の中央から響いて、声にならない歓声と虚脱が賭場に流れた。

壺振りの娘が別の娘と代わり、再び賭場に緊迫の時が戻ってきた。

「半札、ございませんか」

娘が誘い、常鶯の速水が替えた駒札の半分をすいっと差し出した。

「丁半、駒札が揃いましてございます」

柳次郎は丁の目が続いているようだと察した。速水は敢えて流れに逆らい、半の目に乗った。

娘が鮮やかな手付きで虚空に飛ばした賽二つを壺に掬い、盆茣蓙の上に叩きつけた。前後に壺が動かされ、

ぴたり

と止まり、娘の手が離れた。

賭場にいる全員の目が壺を注視した。

娘の白い腕が改めて壺に伸びた。

ごくり
と唾を呑む音が響き、さっ、と壺が上げられた。

柳次郎の場所からは賽の目は見えなかった。

「一六の半にございます」

どよめきが起こり、常駕の前に倍返しの駒札が戻ってきた。

常駕はその後も強気で半の目に賭け続けた。それが効を奏し、半刻（一時間）後には、五十両の元金が七、八倍になっていた。その頃から常駕を注視する、

「眼」

を柳次郎は意識した。

再び壺振りの娘が代わった。

そのとき、賭場に赤々と別の明かりが点されて、半の目続きの雰囲気が変えられようとした。

盆茣蓙の一角から声がした。

「田野村常駕様、今宵は強気にございますな」

柳次郎は見た。

いつの間にか大きな銭箱のかたわらに武家が胡坐を掻いて、銀煙管で煙草を吸っていた。油断のならない眼光は好色そうでもあった。四十前だというのにでっぷりと太り、両の頬が垂れていた。

背後に控えているのが八幡鉄之進の用心棒頭、浜村弾正か。

「時にかような夜もござろうよ」

「常駕様、賽の目は転がり次第で、半目にも丁目にもなりましょう。だが、人間の面はそう簡単に変えられませんぞ」

「ほう、私が田野村常駕ではないとでも申されるか」

「おまえさん、だれだえ。町奉行所の狗かえ」

八幡の口調が伝法に変わった。だが驚く風もなく、客もまた平然として二人のやり取りを聞いていた。

「世の中、不思議なこともござろうよ。だが、上様のお側近くに侍る直参旗本、御書院御番組頭が賭場の胴元を務めるとは、未だ聞いたこともない」

「たれじゃ、おまえは」

八幡鉄之進が地を出したように叫んだ。

「八幡鉄之進、それがしの顔が分からぬか」

常駕に扮した速水左近が宗匠頭巾をかなぐり捨てた。

その顔に行灯の明かりがあてられた。

速水左近は平然としたものだ。

八幡は速水の顔が分からぬのか、胡坐を掻いた上体を盆茣蓙の上に乗り出して見詰めていた。

柳次郎は、八幡の後ろに控える浜村弾正が朱塗りの刀を手に立ち上がったのを見た。釣り行灯がするすると天井近くに上げられた。

「はて、だれかねえ」

八幡鉄之進の口調が再び伝法に戻った。

「直参旗本、それも上様近くに仕える御書院御番組頭がこの体たらくか、愚か者めが！」

速水左近の叱咤(しった)が賭場に響き、

あっ！

と驚愕の声が八幡の口から洩れた。

「相分かったか」

「上様御側衆速水左近様！」

「戯け者めが！」

新たな怒声に、盆茣蓙に飛び乗った者がいた。

用心棒の浜村弾正だ。

「八幡様、上様の御側衆が賭場に来るわけもござらぬ。こやつ、不逞の輩、斬り捨てて始末いたしましょうぞ」

浜村が白い盆茣蓙の上をするすると進んできた。

速水が竹杖を手に立ち上がり、柳次郎も速水を守ろうとして、剣を手に盆茣蓙の前に飛び出そうとした。

「こやつの相手、それがしがいたそう」

賭場の人混みの後方から落ち着いた声がして、悠然と佐々木玲圓が姿を見せた。

「神保小路で直心影流尚武館道場を営む佐々木玲圓にござる」

その声に、賭場のあちこちから悲鳴が上がった。

江都一の剣客の登場だ。

浜村が朱塗りの鞘から剣を抜き、鞘を捨てて剣を立てた。

八双の構えだ。

その前方二間半に玲圓がいた。

だが、その黒塗りの備前一文字派助真は未だ左手にあった。

眼光鋭い視線が浜村の動きを牽制し、助真が腰に差し落とされた。

もはや磐石の構えだ。

「参られよ」

玲圓が誘いをかけた。

「おのれ、増長しおって！」

盆茣蓙を浜村弾正が八双の構えで走った。

玲圓は動きもしない。

間合いが一気に詰まり、浜村の八双の豪剣が玲圓の眉間に落とされた。

引き付けるだけ引き付けた玲圓が動いたのは、その瞬間だ。

後の先。

備前一文字派助真二尺三寸一分が腰間から光になって抜かれると、踏み込んできた浜村弾正の脇腹をしたたかに斬り割った。

ぱあっ

と血飛沫が盆茣蓙を染めた。

浜村の巨体が浮き上がり、盆茣蓙の一角の客の間に転がり落ちて、悲鳴が起こって修羅場と化した。

「静まれ！」

という玲圓の叱声の後、

「この屋敷、目付と町奉行所が十重二十重に囲んでおる。逃げることなどできぬ。諦めなされ」

どこから忍び込んだか、大頭に陣笠を被った五尺そこそこの体の年番方与力、笹塚孫一の声がした。腰を上げ、逃げかけた博奕の客が愕然とその場に頽れた。

「八幡鉄之進、そなたの所業、上様にすでにご報告してある。厳しい沙汰が下ると思え」

速水左近が屋敷の主に厳然と宣告して、騒ぎは決着した。

第五章　幸せ橋

一

「なぜ度々の呼び出しにも拘らず、そのほうら、なにゆえ参らなかった！」

怒声が品川柳次郎と幾代に発せられ、母子は平伏して受けた。

ここは小普請組三組の組頭中野茂三郎の屋敷だ。

「そのほうら親子は、無役の小普請組をないがしろにしておるか。役に就こうと就くまいと、上様にご奉公することに変わりはない。組頭のそれがしの命など聞かんでもよいと考えておったか」

「いえ、そうではございません、中野様。主の清兵衛は永の不在、さらには嫡男和一郎の家出と重なり、女の私と次男の柳次郎ではどう対応してよいか迷いまして、かような仕儀に立ち至りました」

「黙らっしゃい、内儀どの。そもそも御家人の当主が永の不在とはどういうことか。嫡男が家出してこの組頭にも届けがないのか」

中野茂三郎の怒りは益々激しくなっていった。

柳次郎は額を毛羽立った畳に擦り付け、組頭の怒りが収まるのを待つしかなかった。

もはや品川家の廃絶は分かっていた。これまで組頭の呼び出しを無視した以上、お叱りを頂戴するのも覚悟の前だ。品川家が存続するとなれば、中野の叱声も真剣に聞かなければならなかった。だが、品川家廃絶となれば、組頭の叱声を頂戴して放免される、あとは屋敷をいつ出るかだけの話だ。

母親の幾代と、

「もはや覚悟をいたしましょう」

「致し方ございませぬな」

と言い合って中野の屋敷を訪ねたところだ。

柳次郎は頭の上を中野の小言が通り過ぎていくように、慌しかったこの数日に思いを馳せた。

御書院御番組頭八幡鉄之進の拝領屋敷で常習的に賭博が開帳されていた一件は、慌しくも決着をみようとしていた。

上様御側御用取次の速水左近、佐々木玲圓の二人が客に扮して乗り込み、その現場を押さえるとともに、旗本を監督する御目付、町奉行所支配下の面々が八幡の屋敷を取り囲んで、当主の八幡はもちろんのこと、賭場の客としてその場にいた大身旗本、大店の主及び番頭、僧侶、医師など全員を拘束したからだ。

その上、現場で身分に添った取調べを受けて、ようようにして帰宅を許された。

御目付に取調べを受けた一人に、大身旗本四千三百石寄合席跡部能登守がいたこともあって、速水左近らはその処置に苦慮することになった。

賭場を常設的に開いて寺銭を稼いでいた八幡鉄之進は御役を解かれ、非役の命が下った。だが、これは正式な沙汰ではない。

木下一郎太が柳次郎に洩らしたところによると、公にはしないことで決着が付きそうだという。

賭場の客は、目付屋敷や町奉行所に呼び出されることなく厳しいお叱りで済むという。むろんそれだけで事が決するわけではない。監督差配する筋にそれなりの挨拶をして、ということは相応の金子を差し出して、お目こぼしという段取りらしい。

「笹塚様は、客の中に猿若町の座元やら魚河岸の旦那衆など、いい筋のものが常連客だったというのでほくほくですよ。裁きが一段落した頃、笹塚様はこれらの店々を集金に廻られましょうな」

と一郎太が苦笑いしたものだ。

「八幡鉄之進はどうなりましょう」

柳次郎は一番気になることを一郎太に尋ねた。

「八幡の家は三河以来の徳川譜代の家柄でしてね、大坂の夏の陣では大いなる勲功があったとか。先祖の功名もあって廃絶にはなりますまい。当人は隠居、最初の女房どのとの間にできた、当年とって七つの嫡男が八幡家を継ぐことになるということです。速水様はさらに家禄を減らすことをその筋に進言なされたとかで、知行半減もありうるそうです」

と答えた一郎太が、

「ここだけの話ですがね、八幡の蔵には、賭場で稼いだ寺銭がなんと千両箱で五つ六つ積まれていたそうです。当夜押収された賭場銭が二千七百余両、笹塚様がいい筋だと満足されるはずですよ。これらすべてが勘定所の歳費に組み入れられるのですから、幕府にとっても悪い話ではありません」

「なんとのう」

と嘆息した柳次郎だが、

「金のあるところにはあるものですね」

と感心もした。

「速水左近様は城中で八面六臂のご活躍だそうです。跡部様をはじめ、上様に成り代わってきついお灸を据えられた後は、それぞれの家が立ちゆかなくならぬようにご配慮をなしておられるそうな」

「速水様、佐々木先生賭場乗り込みで、八、九千両が勘定所の懐に入るとなれば、たれも文句のつけようがありますまい」

「笹塚様は此度の一件で少なくとも五百両の臨時収入をと考えておられます。勘定所と南町の懐が潤うきっかけは、品川さんの功績です」

「それはどうですかね」

柳次郎にとっては、椎葉お有が八幡鉄之進の毒牙にかからなかったことで満足だった。

お有はすでに佐々木家から椎葉の家に戻っていた。

父親の弥五郎も、八幡鉄之進の非役入りの仮の沙汰を聞き、八幡の力に縋ろうとした己を恥じているとか。

「内儀どの、柳次郎、当主品川清兵衛がもはや北割下水の屋敷に戻ることはないのだな」

「組頭様、万々ございません」

と幾代がさばさばした声で応じた。

「嫡男和一郎もあてにならずか」

「指の先ほどもあてになりませぬ」

「内儀どの、そう言い切られる以上、覚悟は付けて参られたということだな」

「組頭様、もはや品川家にどのような沙汰が下ろうと致し方ございませぬ。次男の柳次郎ともども首を洗うて罷り越しました」

「よい覚悟である」

「ふうっ」

という中野茂三郎の溜息が、品川幾代、柳次郎の平伏した頭の上を通り過ぎた。

「品川幾代、柳次郎、面を上げよ。小普請奉行佐久間佐渡守和春様の沙汰を伝える」

「はっ」

と改まって畏まった幾代と柳次郎は顔を上げた。

「品川清兵衛は御家人籍を抜き、以後幕臣身分なきものといたす」

「畏まりました」

「嫡男和一郎も同様の処置を命ず」

「お受けいたします」

「若年寄支配小普請組三組所属品川家七十俵五人扶持は、次男柳次郎に譲るものとする」

幾代も柳次郎もぽかんとした顔で、中野茂三郎を見た。だが、なにも言葉は発しなかった。

「不満か」

「組頭様、なんと申されましたな」

幾代が質した。

「聞こえなかったか」

「聞き違えたように思いましてな」

「だから柳次郎が品川家を継ぐことになったのだ」

「驚きました」

と幾代が笑いもせずに呟いた。

廊下に足音がして座敷に茶菓が運ばれてきた。これもまた驚きだ。

「二人とも喉が渇いたであろう、茶を喫せ。それがしも長々と小言を申したら喉が渇いたわ」

「驚きました、母上」

と中野茂三郎は言うと、ずるずると音をさせて茶を飲んだ。

「柳次郎、どういう風の吹き回しにございましょうな」

と母子が言い合い、組頭の中野を見た。

茶饅頭に手を伸ばした中野が、

「柳次郎、そなた、老中のたれぞと知り合いか」

と訊いた。

「組頭様、滅相もありません。北割下水の御家人の次男が老中と知り合うわけもございません」

「いかにもそうであろうな。だが、そなたの処置、小普請奉行の佐久間様の上の上から下ってきたそうじゃ。どういうことかのう」

「あっ！」

と柳次郎が小さな悲鳴を上げた。

「思い当たることがあるか。申してみよ」

「御側御用取次の速水左近様とはいささか面識がございます」

「なにっ、上様の御側衆と知り合いとな」

「ただし品川家の内情を申し上げたことはございません。ゆえにこのような沙汰が下るとも思えません」

柳次郎は過日、佐々木玲圓が、武田信玄公の不動如山を真似てござれ、と洩らした言葉を思い出した。

「柳次郎、速水様にそのことを申し上げた御仁がおらねば、このような沙汰はないぞ」

「組頭、両替屋行司今津屋の老分番頭由蔵どのに、屋敷を出たときの住まいを相談したことがございます。その折り、簡単な事情は告げました」

「先の日光社参の路銀を融通したあの今津屋か」

「はい」

「その線かもしれぬな」

「今津屋は、尚武館道場の佐々木玲圓先生とも速水左近様とも昵懇の間柄です」

「間違いない、それだ。そなた、両替屋行司の今津屋とも知り合いか」

中野茂三郎が唖然として柳次郎を見た。

「時に日雇い仕事をいただく関わりにございます」

「それだけの関わりで今津屋やら上様御側衆が動くものか」

と言う中野茂三郎に幾代が、

「組頭様、私ども親子、これからも屋敷に住もうてよいのでございますな」

「柳次郎が品川家の当主に命じられたのだ。そのうち正式な沙汰はあろうが、これまでどおりなんの心配もなく住もうてよいのだ」

ふうっ
と幾代の口から息が洩れた。

「柳次郎、ようございましたな」

「はい」

「今津屋様、佐々木先生、速水様に、お礼を申し述べねばなりませぬぞ」

「まずは今津屋の由蔵どのにお目にかかり、真相をお尋ねした上でのことです」

「ならば組頭様の家を辞去した後、早々に両国橋を渡りましょうぞ」

　と早、幾代が立ち上がる気配を見せた。

「内儀どの、品川家が世襲されたとなると、組頭の家などに用はないか」

「これは組頭様、迂闊なことでした。中野様のご尽力があればこそ、品川家が私の代で消えずに済みました。このとおりにございます」

　と幾代が再び頭を下げ、柳次郎も一緒に平伏した。そして、中野茂三郎も満足げな笑みを湛えた。


「幾代様、柳次郎様、おめでとうございました」

　今津屋の店の裏手の座敷で対面した由蔵は事情を聞き、こちらも満足そうな顔で言ったものだ。

「老分どののお口添えで、速水様のお耳までわが家の醜態が届いたのですね」

「お節介とは思いましたが、佐々木先生と速水様にご相談申し上げました」

「由蔵どの、お礼の申しようもございません」

頭を下げる幾代の声は震え、瞼が潤んでいた。

「ようございましたな。お二人でしっかりと品川様のお屋敷を守ってこられたことが、此度の沙汰につながったのですよ」

「老分どの、有難うございました」

母子それぞれの感謝の言葉にうんうんと頷いた由蔵が、

「品川様、御書院御番組頭八幡家が拝領屋敷を使って開いていた賭場騒ぎは、椎葉お有様の嘆きを品川様が真摯に受け止められた結果、摘発されたものです。幕府の懐もだいぶ潤ったそうな。品川様にご褒美の一つも出すべきです」

「老分どの、それがし、お有どのが無事ならば満足です。ご褒美など努々考えておりません」

「それはまた欲のないことで」

由蔵が、ちょいとお待ちをと母子をその場に残すと店に戻った。が、すぐに書き付けを手に戻ってきた。

「うちでも、此度の品川様のご活躍にこのようなものを用意しました」

書き付け証文が二人の前に差し出された。その文字が品川清兵衛の筆蹟であることは幾代も柳次郎もすぐに気付いた。

「これは」

「はい。蔵前天王町組の札差鹿島屋利兵衛方に、お父上が九年も前に差し出された証文です。鹿島屋ではこの九年の間、四十二石の扶持米を換金してそれなりの金子を得ておりました。清兵衛様が借りられた金子の元金はとっくに超えて、それなりの利も得ていたのでございますよ。商いですからこれは致し方ございません」

「いかにも」

「鹿島屋とはうちも曰くがないわけではございませんでな。この由蔵が出向き、鹿島屋さん、この辺でどうです、書き付けを戻す気はございませんかと相談申し上げたところ、先方も快く渡してくれました」

「老分どの、この証文の約定は反故になったと考えてよろしいので」

「いかにもさようです。年内は致し方ございませんが、来春から品川家の扶持米分、鹿島屋にきっちりと請求なされ」

「驚きました」

柳次郎は呟いた。

分限者で鳴る蔵前の札差の鹿島屋も、江戸の両替商六百軒を束ねる両替屋行司今津屋の頼みを断る度胸はなかったようだ。

それにしてもと、柳次郎は幾代の顔を見た。

幾代は柳次郎同様言葉を失い、呆然（ぼうぜん）としていたが、

「今日ほど、あれこれと驚かされた日はございませぬ。のう、柳次郎」

「わが家に盆と正月が一緒に来たようなものですね、母上」

「なんぞ罰があたりませぬかな」

「幾代様、品川様、お二人の働きぶりを天が見落とされるものですか」

と由蔵が笑みで応じた。

「老分どの、天とは別に、たれぞのご尽力のお蔭（かげ）で品川家は立ちゆくことになりました」

「たれぞとは、どなたですな」

「坂崎磐音という人物です。それがしを今津屋様、佐々木先生、速水様方と結び付けてくれた人物です。此度の一件も、坂崎さんなくば品川の家に春は巡りきませんでした」

「いかにもさようです」

大きく頷いた由蔵が、

「そろそろ博多を出立(しゅったつ)するという知らせが届きますよ。この由蔵も無性にな、坂崎様とお話ししたいと思うときがございます」

幾代と柳次郎がさらに大きく首肯した。

両国橋の上で母子は足を止めた。

御城の横手に雪を被(かぶ)った富士の姿が見えた。

「屋敷に住まわせてもらうだけで十分でしたのに、思いがけないご褒美を今津屋様からいただきましたな」

柳次郎が懐から、父親が遊びの金が欲しくて鹿島屋に差し出した約定書きを出した。

「この書き付けがなくば、母上もあのように苦労をなされることもございませんでした」

「柳次郎、考え違いをなされるな。清兵衛どのが無法なことをなされたゆえに、そなたと母がしっかりと品川の家を守らねばという気持ちになったのです。この書き付け証文一枚が和一郎を家出させました。だがな、私にはそなたが残った。その上、これからも屋敷に住まうことができます」

母と子は、この日何度同じ言葉を繰り返し、感激の思いをなぞったことだろう。

「いかにもさようです、母上」

「次はそなたに嫁女が来るとよいが」

「母上、書き付けが戻ったとて、四十二石では嫁の来手はございますまい」

「どこぞにきっと柳次郎のことを思うておられるお方がおりますよ」

「どうでしょうね」

柳次郎が思わぬ行動に出た。書き付けを二つに裂いたのだ。さらに細々と引き裂き続け、数多(あまた)の紙片となった。

幾代は柳次郎の行動を黙って見続けていた。

柳次郎の手が欄干から川面の上へと差し出された。

ひとひらの紙片が流れの上に舞った。さらにはらはらと大川の流れに落ちていった。

紙片は淡雪のように虚空を舞い、川面に落ちてゆっくりと下流へ流されていった。

「さっぱりしました」

柳次郎が言うと空手を打ち合わせた。

「柳次郎、法恩寺橋際の地蔵の親分の店で、蕎麦を食して参りませぬか。それと熱燗のお酒をいただきましょうかね。偶にはこのような贅沢があってもよいでしょう」

「蕎麦と酒ですか。悪くありませんね、母上」

幾代と柳次郎の母子は、両国橋から自分たちの古巣の本所へと肩を並べて歩いていった。

二

玄界灘が荒れ始めていた。

荒戸の浜に高波が押し寄せていた。

「これでは船は出せませんね」

とおこんが不安げな声を洩らした。するとお杏が、

「おこん様、冬の玄海はいつもこうなのです。大丈夫ですよ」

と慰めた。

おこんとお杏は荒戸の浜にこい婆の家を訪ねた帰りだった。松原越しに低く垂れ込めた鈍色の空の下、恐ろしくも押し寄せる波を見て言い合った。

「大丈夫とは、この海に船を乗り出されるのですか」

「いえ、陸路を伝い、藩内若松湊か小笠原様の小倉城下に参り、そこから乗船して赤間関を越えると内海です。参勤交代の折り、黒田の殿様方もしばしば使われる道です」

「するとこの海に乗り出すわけではないのですね」

「おこん様、だれがこの海に乗り出しましょう」

浜のあちらこちらに漁師船が上げられているのが見えた。

「安心しました」

箱崎屋でも、摂津大坂への早船の出立地を領内若松に変え、すでに用船を若松湊に回す手筈を整えていた。

坂崎磐音とおこんが博多に別れを告げる日が数日後に迫った日、黒田家五十二万石の藩道場に三人の旅の武芸者が立った。

五体に修行の厳しさを宿した武芸者らは、西国の雄藩を順繰りに訪ね、腕を磨いていると玄関先で説明した上、

「こちらに、江戸は直心影流佐々木玲圓先生の高弟、坂崎磐音どのが逗留中と伺うた。われら、東国よりの武芸者、なんとしても坂崎どのとのお手合わせを願

いたい」

「お手合わせとは、真剣勝負ということですか」

応対した若い藩士が問い返すと、

「そう考えられても構わぬ」

という平然たる返事が戻ってきた。

「わが藩道場は真剣勝負を禁じております。まずはお手前方の意向を、道場主有地内蔵助に伺うて参る」

「佐賀藩の鍋島様では快くわれらを迎え入れられたがのう。尊藩黒田家では、旅の武芸者を断ることもござるか」

と自信たっぷりにせせら笑った。応対した藩士は抗弁しかけたが、その言葉を呑み込んで、

「暫時お待ちを」

と道場に行き、見所下にいた有地にその旨を告げた。

「なにっ、道場破りとな」

道場主が応ずる前に、見所から耳敏くも吉田久兵衛老人が口を挟んでいた。

「吉田様、道場破りではございませぬ。坂崎磐音様へ勝負をと申されておりま

す」

と若い家臣が久兵衛の勘違いを訂正した。

「真剣勝負も道場破りも同じようなものだ」

と剣術好きの老人が乱暴にも答え、有地が磐音を向き、

「坂崎どの、そなたを名指しで真剣勝負を挑む武芸者三人が参っているそうな。いかがなさるな」

と訊いた。

「坂崎様、その者たち、佐賀藩に立ち寄ってきたらしく、鍋島家では立ち合いを拒まなかった、それを黒田家では断られるかとせせら笑いました」

応対した若い藩士が腹立たしげに言い足した。隣藩佐賀の名を出されて対抗意識を搔き立てられたようだ。

佐賀、福岡両藩ともに武辺の家中として知られ、隔年交代で長崎の警護を任されてもいた。

「それはお腹も立ちましょうな」

と笑みで応じた磐音が、

「有地先生、そのような輩を藩道場に上げてよいものでしょうか」

と尋ねた。

「坂崎どのの意のままに」

「ならばお呼びくだされ。当家の武名に傷がついてもいけません」

「はっ」

と畏まった応対の若い家臣が玄関先へと走り戻った。

「道場、お借り申します」

磐音は有地内蔵助に改めて許しを請うと、

「存分にお立ち合いくだされ」

と頷いた道場主がこちらも笑みで応じた。

三人の武芸者は福岡藩道場の威容に臆することなく敷居際で一旦歩みを止め、睥睨するように道場内を見回し、二百人近い門弟らが壁際に下がっていることをよいことに、道場の真ん中をのっしのっしと見所の前に進んだ。

この日も吉田久兵衛以下、七、八人見所に詰めていた。

「申し上げる。われら、東国より剣術好きの重臣が剣術修行に参り、西海道の諸藩、肥後人吉藩、熊本藩、肥前大村藩、鍋島四家などを巡り、当地に辿り着いたところにござる。偶々この地に坂崎磐音どのが滞在中と聞き及び、なんとしても立ち合いを所望したく参った次第にござる」

「それがし、福岡藩黒田家の藩道場を預かる有地内蔵助にござる。まずは流儀と姓名を名乗られよ」

有地が応じた。

「それがし、伊藤派一刀流錦織右京大夫」

と三人のうち、頭分と見られる壮年の武芸者が名乗った。身丈は五尺七寸か、四肢ががっちりとして、鍛え上げられた体付きをしていた。手にした大刀と腰の脇差は黒漆打太刀大小拵えの立派なものだ。

「それがし、鹿島神伝流新居浜猪之助」

続いて六尺三寸はありそうな大兵で、年は二十八、九歳か。刃渡り二尺八寸余の黒鞘の長剣を携えていた。

三番手は、

「それがし、神蔭流日比野誠吾と申す」

と物静かに名乗りを上げた。身丈は五尺六寸余の痩身で、言葉遣い同様に寡黙に見えた。

「坂崎どの」

と有地が初めて三人の前に磐音を呼んだ。

有地に一礼した磐音が三人の武芸者の前に歩み寄り、会釈した。その挙動にはどこにも力みはなく平静そのものだった。

「廻国修行ご苦労に存じます。それがし、当家にご厄介(やっかい)になっております坂崎磐音にござる」

錦織がじろりと磐音を見た。

「そのほうの名あちらこちらで耳にいたしたが、お若いのう」

「いかにも若輩者にござる」

と笑みで答えた磐音が、

「真剣勝負をお望みとか」

「いかにも」

「それがし、木刀にても構いませぬか」

「われら程度では刀は不要と申されるか」

「いえ、藩道場の床を無用な血で穢(けが)したくございませぬ」

「血を流すはわれらと申されるか」

「いえ、そのようなことは」

磐音の応対は剣術同様に春風駘蕩としたものだ。

「まあ、問答はどうでもよい。剣術家の格はすべて刀にて決するでな」

と言い切った錦織が、

「先陣を新居浜どのに願おうか」

「おう」

と巨漢の武術家が叫ぶように応え、錦織と日比野が後ろに下がった。

未だ竹刀を手にした磐音に小埜江六が木刀を持参した。

「小埜どの、お借りする」

磐音は竹刀と木刀を交換した。

「坂崎様、あのような勘違い者です。存分に懲らしめてください」

「はてどうなるか」

磐音は道場の中央に向かおうとした。すでに相手の新居浜猪之助は道中羽織を脱ぎ捨て、額に鉄片を入れた鉢巻をして、威嚇するように巨体を前後左右に揺すっていた。

「お願い申す」

「いざ勝負」

新居浜はさらに間合いをとって後ろに跳び下がった。そのせいで磐音との距離が三間に広がった。

磐音は正眼(せいがん)に構えた。

新居浜は刃渡り二尺八寸余の豪剣を抜き放つと上段にとった。六尺三寸余の巨体がさらに一層大きく見えた。

修羅場(しゅらば)を潜(くぐ)った経験が少ない対戦者ならば、この構えだけで威圧されるだろう。

磐音は顔に笑みを残して新居浜の動きを見た。

その笑みが新居浜を刺激したか、機嫌を損ねたか、

「おのれ、小馬鹿にしくさって！」

と喚(わめ)いた。

「新居浜氏、相手の策に乗ってはなりませぬ」

日比野が注意した。

「新参者が、小賢しいことをぬかすでない」

仲間の忠告を無視した新居浜が上段の剣を振り下ろし、再び上段の構えへと戻した。すると刃鳴りが、

びゅーん

と黒田家の藩道場に響いた。

磐音がすいっと一歩踏み込んだ。

薫風が戦いだ、そんな感じの踏み込みだ。

訝しくも新居浜が下がっていた。

磐音がさらに前進した。再び微風が吹き渡った。

新居浜が気圧されたように後退した。

そんなことが繰り返され、大きな顔を紅潮させた新居浜が、新居浜はいつしか、仲間の錦織と日比野の待機する場所まで追い詰められていた。

「ううっ」

と唸り始めた。

「新居浜、なにをしておる。後がないぞ」

小声で錦織が叱責した。その声に奮起したか、新居浜が反動を付けるよう上段の剣を背に回し、深山幽谷に聳える古木のように立つ磐音に向かって奔った。

間合いが詰まった。

「おりゃあ！」

新居浜が虚空に飛び、不動の磐音の頭上から雪崩れるように剣を振り下ろした。まるで巨体とともに剣が飛んでくるような荒々しい攻撃だった。

藩道場じゅうの見物人は、山から巨壁が崩れ落ちるような印象を持った。

見所の吉田久兵衛も思わず腰を浮かし、身を乗り出した。

虚空から圧倒的な力が不動の磐音を襲った。

磐音は引き付けるだけ引き付けた。

刃鳴りが大きくなり、刃が光と化して眼前に閃いた。

その瞬間、磐音の正眼の木刀が、

ひょい

と突き出され、雪崩れくる豪剣を弾くと同時に、伸しかかるように雷撃した巨漢の下腹部を突いた。

「げええっ！」

凄まじい悲鳴が藩道場に響き、なんと巨体が磐音の軽やかな攻撃に後ろへと突き飛ばされ、道場の床に叩き付けられて気絶した。

森閑とした沈黙が道場に広がった。

「鍛え上げられたお体ゆえ、数日の静養にて回復されましょう」

　この言葉が磐音の口を衝き、顔を真っ赤に染めた錦織が歯軋りすると、日比野を振り向いた。すると日比野は顔を横に振り、出場を拒んだ。

「おのれ、臆病者が」

　錦織は羽織を脱ぎ捨て、磐音の前に進んだ。

「お待ちあれ」

　磐音は錦織を制止すると、

「どなたか新居浜どのの介抱を願えませぬか」

　と声を上げた。

　小埜江六や平林豹助ら若い家臣たちが飛び出し、悶絶して動かぬ巨体を数人がかりで道場の端に移した。

「これでよろしいようです」

　真剣勝負を戦ったとは思えない磐音の顔だ。最前の笑みが蘇っていた。

　さすがは歴戦の兵だ。磐音の表情を見て、力んでいた錦織の態度も変わった。数瞬のうちに自らを律して、感情を鎮めた。

「ほう、あやつ、やりおるな」

吉田久兵衛が独り呟いた。

「ご隠居、只者(ただもの)ではございませんぞ」

「いかにもいかにも」

無意識のうちに交わされる会話に当人らは気付いていない。道場内の見物人も粛として声なく、二人の動きを注視していた。

心を鎮めた錦織右京大夫が剣を抜き、一旦頭上に回したそれを悠然と正眼の位置に下ろした。

ぴたりと決まった。

磐音もまた木刀を正眼へと戻した。

間合いは一間半。

阿吽(あうん)の呼吸で両者の足裏が床を摺(す)り、間合いが縮まった。

次に踏み込むと戦いが始まり、決した。

両者は相正眼の構えで動きを止めた。

微動だにせぬ両者が醸し出す雰囲気はまるで対照的だった。

錦織のそれは、びりびりと稲妻でも放電しているかのようで威圧的だ。

だが、一方の磐音の構えは道場の空気に溶け込んで、その存在があるかなしか、自然極まりなかった。

かたちあってかたちなき、空気か風のような構えだった。

長い対峙が続いた。

動きを見せたのは錦織だ。肩が上下に揺れ始めた。当人は意識していなかったが、息が弾んでいた。

それに比して磐音の不動は変わりない。

明鏡止水、ただそこにひっそりと存在していた。

太い腕に強張りを感じた錦織が腹に力を溜めた。

「おりゃあ！」

野太い気合い声が響き、
ずうーっ
と一気に間合いを詰めた。

磐音も、
そより
と踏み込んだ。

正眼の剣と木刀が虚空で躍り、剣は磐音の胴へと翻り、木刀は錦織の肩口へと落ちた。

がつーん！

という音が響き、錦織右京大夫の体が押し潰(つぶ)されたように道場の床に転がった。

磐音がさっと後退して木刀を右手に提げた。

その視線が、残された日比野誠吾に向けられた。

「坂崎氏、それがし、到底お相手に価する者ではございませぬ、ご遠慮申し上げましょう。それにこの二人の始末もございますゆえな」

日比野の声は平静だ。

「お医師を呼びますか」

磐音が訊いた。

「坂崎氏、二人にも矜持(きょうじ)がござろう。仲間を待機させてござる、道場の外まで運んでいただきたい」

日比野の言葉に小埜たちが動き、戸板に載せられた二人が玄関外へと運び出された。

「ご苦労でござった」

汗ひとつかいていない磐音を有地内蔵助が迎えた。見所前でだ。

「あの者たち、よい経験になりましたかな」

「はてどうでしょう」

「坂崎どの、三人目だが、あの者をどう見るな」

吉田久兵衛が磐音に訊いた。

「吉田様、あの者が一番の強敵かと感じました。命拾いをした思いです」

内蔵助が頷き、

「これで終わるとよいが」

と呟いたものだ。

三

筥崎宮は応神天皇、神功皇后、玉依姫命を祭神として、古来、海上交通の守護神として信仰を集めてきた。元寇の折りに吹いた神風はこの宮の神徳と崇められている。楼門は文禄三年（一五九四）に小早川隆景が再建し、有名な鳥居は慶長十四年（一六〇九）に黒田長政が建立したものだ。

未明、筥崎宮の社殿に旅仕度の坂崎磐音とおこんがあって、江戸への海路の無事を祈っていた。

およそひと月余り滞在した博多を離れるときがやってきた。箱崎屋では主の次郎平やお杏、さらには番頭の愛蔵らが門前町の箱崎まで見送りに来てくれた。

拝礼を終えた磐音とおこんは、次郎平に永逗留の礼を改めて述べた。

「坂崎様、博多で正月ば越してほしゅうございましたがたい、江戸でも待っちおられる方が大勢おられる様子ですもん。これ以上引きとめてんくさ、今津屋さんに叱られまっしょ」

と冗談に紛らして磐音らの旅立ちを残念がってくれた。

「それにたい、昨日のこつです。江戸の殿様から早飛脚が届いたげな」

「ほう、治之様からですか。なんでございましょうな」

磐音は思いがけない話に訊き返した。

「城中で、おこん様の養父になられる御側御用取次の速水左近様がくさ、養女の博多滞在をお話しなされたとか。殿様はくさ、二人の世話をしっかりとせいと命じられる手紙を寄越されたとですたい」

「なんとわれらの博多逗留が城中で話題になり、治之様にお気遣いまで生じさせましたか。まことに恐縮なことです」

「坂崎様、また博多においでなっせ」

「博多は遠いゆえ、参る機会がござろうか」

「佐々木先生の跡目を継がれる坂崎様には、これから新たな使命が下ります。箱崎屋次郎平はそう睨みましたもん。日本じゅうを御用で旅される機会が増えますばい」

と次郎平がご託宣し、参道から鳥居の前に戻ってきた。するとそこには大八車が十数台待機して、箱崎屋の若い番頭の一人、宇吉郎が旅仕度で待っていた。

箱崎屋では領内若松湊から出立する御用船に最後の荷を積むために大八車隊を組織して、一行の頭分として宇吉郎が同道するのだ。

磐音とおこんは、この大八車隊に従えば楽々若松湊に着くという。

「お杏さん、なにからなにまで有難うございました。今度はお杏さんが江戸に参られる番ですよ。私が江戸じゅうをご案内申し上げますからね」

と手と手を取り合って、女二人は最後の別離をなした。

「おこん様が博多からいなくなると思うと寂しくなります」

と思わず瞼を潤ませた末娘に、

「お杏、旅立ちに涙は禁物たい。快くお見送りせんね」

と次郎平が言い、宇吉郎が、

「出立いたしますぞ」

と大八車の人足らに命じると、車列が暗い唐津街道をがらがらと進み始めた。

磐音とおこんは何度も振り返りながら次郎平ら見送り人に手を振り、

「お世話になりました」

「江戸でお会いしましょう」

と口々に叫んだ。

箱崎屋の家族や奉公人の姿が闇に没し、磐音とおこんはようやく車列の後方から前方へと移動した。

箱崎宿を出た一行は香椎宮、海に浮かぶ志賀島を望遠しながら三里二十五町(十四・五キロ)先の青柳宿を目指すことになる。

朝が白み始め、海のかなたに志賀島が淡く見え始めた。その先は玄界灘が大きく広がっていた。

「いよいよ、江戸じゃな」

「長い道中だったわね」

「よう頑張ったな」

「褒(ほ)めてもらえるのかしら」

「おおっ、褒めずにどうする」

夫婦は小声で言い合った。

磐音は昨夜(ゆうべ)豊後関前藩に向けて文を認(したた)めた。父の正睦に宛てたものだ。文には箱崎屋で客人扱いとして温かいもてなしを受けたこと、また福岡藩の先の当職の吉田久兵衛様方と昵懇の付き合いをさせてもらったことなどを、細々と記して書き送ったのだ。

博多の豪商箱崎屋が豊後関前藩の後ろ盾になり、さらに親密な交流が始まれば、江戸の今津屋、若狭屋(わかさや)と合わせ、関前藩の藩財政改革は万全なものとなることを意味したのだ。

正睦が、磐音とおこんに博多立ち寄りの無理を願った理由だ。それを承知しているからこそ、磐音は父へ手紙を書き送ったのだった。

潮風を感じつつ唐津街道を行くと、海は荒戸の浜で見たときより鎮まっているように思えた。空も澄み渡って海上に広がっていた。それは異郷へと続く海であり、空だった。

おこんは海と空を仰ぐ小さな峠で深呼吸をした。

「この分なら船が揺れることもないでしょうね」

「おこんはやはり船旅が苦手か」

「いいえ、船が嫌なのではなく、海が荒れるのが困るの」

「自然が相手じゃ。なかなかうまくはいかぬ」

一行は順調に進んで昼餉を青柳宿で食することになった。宇吉郎が二人のところに飛んできて、

「坂崎様、おこん様の口に合いますやろか。この近辺の飯屋は魚が菜ですもん」

と恐縮した。

「宇吉郎どの、玄界灘の魚は美味い。いくら食しても飽きぬ。これ以上の贅沢がござろうか」

一行が足を止めたのは白壁造りの、元々は造り酒屋だったという旅籠を兼ねた飯屋だった。

磐音とおこんだけが海を望む座敷に上げられ、高脚の膳で箸を取った。鯛の炊き込みご飯にこづなともぐじとも呼ばれる甘鯛の塩焼き、菜の花の和え物だった。

「江戸を出て、贅沢をさせてもらいました。少し太ったようだわ」

「しっかりと歩いているせいで、おこんは却って引き締まったようじゃぞ」

「そのようなことを」

とおこんが注意したときには、磐音は甘鯛に箸を付け、

「おおっ、これは美味かな」

ともはや食べることに没入していた。

昼餉が終わった刻限、宇吉郎が姿を見せて、

「おこん様、足は疲れませぬか。大八車に乗って道中できるようにしてございますから、遠慮なく言ってください」

とおこんの足を気にしてくれた。

「お心遣い有難うございます」

「宇吉郎どの、本日はどこまで参られるな」

唐津街道は初めての磐音が訊いた。

「畦町までが一里三十三町（およそ七・五キロ）、さらに赤間までは二里ございますもん。できることなら赤間宿までと考えております」

青柳宿を出ると一旦海と別れ、内陸に入る。

「昼から四里弱か、一台の大八車に人足三人から四人付かれるで、旅は早い。七つ(午後四時)の頃合いには着こう」

「日暮れまでにはと考えております」

赤間から若松まではおよそ七里半という。博多から国境の若松まで一泊二日の旅程だ。

この日、磐音とおこんは赤間まで八里弱を歩き通した。

赤間はその昔、神武天皇が赤馬に乗って姿を見せ、人々に挙兵を促した謂れから、

「赤間」

の名が付けられたという。

この宿場にある箱崎屋の定宿で、磐音は就寝前おこんの足を揉み解して明日の旅に備えた。

次の日、赤間を出た一行が足を止めたのは芦屋宿、遠賀川の川渡しだ。

水源を三郡山地の馬見山に発し、領内を縦断すること十五里強、途中豊後の国境から流れ出る彦山川を合わせて、響灘に注ぐ川だ。

この流域に焚石とも燃石とも呼ばれる石炭が産出することが分かり、この石炭を利用して領内宗像で塩浜の釜を焚くのに使われたり、また周防の三田尻や播州赤穂の塩浜にまで売られていくようになっていた。

福岡藩では石炭の効用に目をつけ、領内で石炭が独占物とされるよう専売制を画策していた。それが実現するのは、天明八年（一七八八）からだ。

箱崎屋の大八車は福岡藩芦屋洲口番所で荷を調べられ、渡し舟で対岸に渡った。

渡し舟に乗った磐音は上流に視線をやり、長崎街道の木屋瀬の川渡しで出会った弥助のことを思い出していた。

「なにを考えているの」

おこんが物思いに耽る磐音に訊いた。

「この川の上流を長崎街道が走っておってな、木屋瀬の川渡しがある。何年前になるか、越中富山の薬売りの弥助という御仁と出会うたことを思い出しておった」

弥助は幕府の隠密、あの折りも西国雄藩に潜入しての帰りと磐音は考えていた。その数年後、日光社参出立前日に刺客に囲まれた弥助と神田明神の境内で再会していた。さらに日光社参でも弥助の手を借りていた。

（弥助どのはどうしておるか）

と磬音が考えたとき、おこんは別の人物のことに想いを致していた。

「猪俣様とお咲様もこの川を渡ったのね」

「冷水峠越えの後、木屋瀬の渡しを通られたであろうな」

「どうしておられるかしら」

「藩外に出て、幸せを見つけられるとよいがな」

二人が言い合ったとき、渡し舟の舳先が対岸の岸に当たった。

箱崎屋の大八車隊は福岡藩領内、洞海湾の北側に位置する若松湊に七つ前に到着した。

箱崎屋が所蔵する、福岡領内と摂津を結ぶ早船安国丸は、すでに船着場の沖合いに碇を下ろして停泊していた。

大八車が到着したのを見た船から伝馬が漕ぎ寄せられ、早速荷積みが始められる様子があった。

宇吉郎が磬音とおこんの前に来て、

「船頭は明日にも船を出すつもりでございます。大八の荷を積み込みますが、その前に坂崎様とおこん様を旅籠にご案内申します」

と旅籠へ連れて行く様子を見せた。

「宇吉郎どの、そなたには荷積みの支配があろう。旅籠はこの近くかな」

「ほれ、火の見小屋がございますな、あの裏手の玄海屋（げんかいや）にございます。まずあの界隈（かいわい）で知らぬ者とてない老舗（しにせ）の大旅籠です」

「ならばぶらぶらと歩いて参る。船頭どのには、明日乗船の折りに挨拶いたすと言うてくだされ」

「承知しました」

二人は船着場から、猫がのんびりとうろつく湊町へと戻った。

湊のあちらこちらに燃石、石炭の堆（うずたか）い山ができていた。他藩に売る石炭だろう。

船着場は薄暮が迫り、二人の胸に期せずして江戸への帰郷の思いが募った。

ふわり
という感じで石炭の山陰から一つの人影が立ち現れた。

磐音はおこんを庇（かば）い、相手を透かし見た。

「そなたは」

「日比野誠吾にござる」

「いかにも日比野どのじゃ」

と磐音が言い、

「錦織どのと新居浜どのの加減はいかがじゃな」

と訊いた。

「新居浜猪之助は十日も静養すれば痛みも消えると医師が申しておりました。だが、錦織右京大夫は、肩の骨が砕かれて、骨が治ったとしても、武芸の道を続けることは難しいそうです」

「錦織どのの胴抜きは厳しく、それがしにも手加減する余裕がなかった」

と磐音は言い、日比野が頷いた。

「ところで日比野どのも西国を離れる所存かな」

「いかにも西海道に別れを告げようと考えております。ですが、ただ一つ心残りがございます」

「ほう、なんでございますな」

行きがかり上、磐音は訊いた。

「いえ、坂崎どののことです」

おこんが、

「あらまたなんでございましょう」

と洩らし、日比野を見た。それほど日比野に切迫したものがなかったからだ。

「それがしにも武芸者の気概が残っておったようです。坂崎どのの力を見せられ、あの折りは正直腰が引け申しました。だが、このままではそれがしの剣術家の道は閉ざされたまま。これよりのち、臆病風に頬被り(ほおかむ)して生きるわけにも参りませぬ」

おこんの体が硬直した。

「なんとしても坂崎どのと立ち合いたいと、博多から尾行(つけ)て参りました」

「気付かぬことであった」

磐音は正直に洩らし、

「日比野どの、立ち合いとは真剣をお望みか」

「お願いつかまつる」

「して、いつ何時を」

「ただ今この場で」

「いやっ！」

とおこんが思わず叫んでいた。

磐音がゆっくりとおこんを振り見て、

「おこん、坂崎磐音が辿る道じゃ。許してくれぬか」

と言った。

日比野の物言いに覚悟を見たからだ。どう避けようと避け得ぬ戦いだった。

日比野は背に負っていた道中嚢を外して羽織を脱いだ。

磐音もおこんの目を見て戦いの許しを請うと、同じように道中嚢の紐を解き、道中羽織を脱いでおこんに手渡した。

その時、残光が、洞海湾に面した若松湊を照らした。

「ご免」

日比野誠吾がおこんとも磐音とも付かず言いかけると、剣を抜いた。

定寸か、刃渡り二尺三寸前後の剣だった。

磐音は包平の鞘を払った。

漁師や石炭の荷揚げ人足たちが気付き、

「なんやろ、敵討ちね」

「だいが敵討ちと決めたね」

「あん女を巡って斬り合いやろか」

「大方、そげんこつやろ。なかなかの別嬪やもんね」

人足の一人が、

「おい、斬り合いばい！」

と叫ぶ声が湊じゅうに響いた。

宇吉郎も荷積みの指図をしながらその声を聞き、視線を巡らして、戦う一人が
坂崎磐音と気付いた。

「坂崎様」

宇吉郎は走り出した。

命に換えても坂崎様を船に乗せる、その思いが走らせていた。

磐音と日比野は相正眼に構え、視線を向け合った。

磐音の顔に笑みが浮かび、日比野を誘った。

すいっ
と半歩ほど日比野が間合いを詰め、生死の境に入った。

両者が息を吐き、吸った。

磐音はその動作を意識し、日比野は意識しないままに行った。

二つの剣が正眼から立てられた。

残光が刃に当たり、紅色に染めた。

はっ

二人が同時に踏み込んだ。

走りながら宇吉郎は磐音の名を呼ぼうとしたが、声にならなかった。

紅色に染まった剣が互いの肩口に落とされ、止まった。

あああっ

と悲鳴を洩らした宇吉郎は足を止め、十数間先の絡み合いを見た。

二つの刃の一本が肩口から胸部へと斬り下げて止まった。

「なんということ」

長い時が流れたように思えた。

おこんが、

「磐音様」

と呟いた。

その直後、ぐらりと日比野誠吾の体が傾き、立て直そうとして足がふらつき、

大きく体を泳がせると、

どたり

と闇が包み始めた地表に転がった。

「坂崎様」

「磐音様」

宇吉郎とおこんが同時に声をかけた。

不動のままの磐音の体がすいっと引かれ、包平の血振りが行われた。

戦いの終わりだった。

四

深川六間堀北之橋詰にある、

「深川鰻処宮戸川」

の名は益々江戸の食通の間で広まり、連日の賑わいを見せていた。

小僧の幸吉もすっかり仕事に慣れ、朝一番の鰻割きから出前、店の内外の掃除、鉄五郎親方が焼く鰻の炭火の番と、独楽鼠のように駆け回っていた。

十一月も半ば、寒の盛りにあって水を使う鰻割きは厳しかった。そのために手にあかぎれができたが、幸吉は泣き言を洩らさなかった。

坂崎磐音が抜けた穴を、松吉、次平と幸吉の三人で埋めなければならなかった。泣き言など言う暇もなく、大車輪で仕事を進めなければ、お客の注文に応えられなかったのだ。

朝餉の膳を囲む松吉らに鉄五郎親方が、

「坂崎さんが抜けた穴は、思った以上に大きいな。おめえら鰻割きの三人がなんとか頑張っているが、だれか一人手を休めれば仕事に響く。幸吉はどうやら鰻職人の目処が立った。このへんで幸吉の下に小僧を入れて、鰻割きの見習いをさせるかねえ」

と言い出した。

松吉がちらりと次平爺さんのほうに目をやり、

「親方、若くて手先が器用な奴なら、小僧でなくてもよかろう。すぐにおれたちの手伝いになるほうがいいな」

と洩らした。

次平の老いが目立つようになり、近頃動きが緩慢なばかりか、割き仕事が粗くなって、親方に度々文句を言われていた。

「松吉、鰻の蒲焼はようやく江戸に広まったばかりだ。そうそう一人前の職人がいるものか。魚河岸の一膳飯屋で魚を捌（さば）いていた進作（しんさく）にしてからが、鰻に慣れるのに何年もかかったぜ。それより小僧から気長に仕込むのがいいと思うがねえ」

鉄五郎の考えだった。

「親方は幸吉に手古摺（てこず）らされたからね。二の舞は御免ですぜ」

と兄貴分の松吉が言い、幸吉が、

「兄さん、おれはそれほど酷（ひど）かったか」

と訊いて、

「ほれ、すぐに餓鬼の言葉遣いに戻る」

と注意を受けた。

「親方、小僧を雇うんなら、気心が知れた深川育ちがいいな」

と幸吉が言い出した。

「だれか心当たりがあるか」

と親方に問われた幸吉は、

「ここはしっかりと考えてお返事いたしましょう。遊びじゃない、仕事だからね。最初は少し鈍でもさ、こつこつと丁寧（ていねい）にさ、仕事を身に付けていくほうがいいと思うからさ」

「ほう、幸吉も考えるようになったな」

と鉄五郎が感心し、

「昔の仲間にそんな餓鬼がいるかどうか、とくと考えて相談に来ねえ」

と幸吉にまず人選を任せた。

その昼下がりのこと、幸吉は店の前を箒で掃除をしながら、ちびの新太のことを考えていた。宮戸川に奉公する小僧の候補としてだ。するとその視界に、品川柳次郎が紅潮した顔付きで北之橋を渡ってくる姿が映じた。

「柳次郎さん、どうしたんだえ、えらく気取ってるじゃないか。今日は内職の届け物の帰りじゃなさそうだな」

と思わず呼びかける幸吉の後頭部を、

ぴしゃり

といつの間にか表に出ていた鉄五郎親方が叩いた。

「あっ、痛てえ」

「すぐにこれだ」

と言った鉄五郎が、

「品川様の後ろを見ろ。母御の幾代様とお連れ様がいらっしゃるじゃねえか」

と教えた。

幸吉が目を凝らすと、たしかに柳次郎は羽織袴（はかま）を着て、その後ろに幾代と若い武家娘が肩を並べて従っていた。

「親方、品川家に妹がいたか」

「聞いたことはないな」

と二人が言い合うところに柳次郎が歩み寄った。

「品川様、未だ待ち人帰らずだ。坂崎さんとおこんさん戻るの吉報はございませんぜ。それともどちらかにお出かけですかえ」

「鉄五郎親方、本日は宮戸川の名物を食しに参りました。未だ昼下がり時分を過ぎてはおらぬが、席はあろうか」

「お客様で来たってか。驚いたぜ。北割下水の」

と思わず言いかけた幸吉が、その先の言葉を呑み込んだ。すると幾代が、

「幸吉どの、貧乏御家人が鰻を食すとはこれいかに、と考えられたか」

「幾代様にそう言われちゃあ、いえ違います、とも返答できねえや。まことにもって恐縮のこんこんちきだ」

と幸吉が頭を掻き、鉄五郎が、

「なんだかお目出度い様子でございますね。座敷にお上がりください。腕によりをかけて焼きますぜ」

と請け合った。

幸吉が柳次郎の羽織の袖を引っ張った。

「柳次郎さん、だれだい」

「昔、北割下水に住もうておられた椎葉家のことを承知ではあるまいな」

「御家人か」

「今では学問所勤番組頭にご出世だ」

椎葉家が北割下水を引っ越したのは九年も前、幸吉は七つの時分で覚えがなかった。だが、鉄五郎が、

「牛御前旅所の北側にお屋敷はございませんでしたか」

とお有に訊いた。

「いかにも椎葉の家は牛御前旅所の隣でした」

お有が笑みを浮かべた顔で応え、

「たしかに椎葉様にはお姫様がおられたが、わっしの目の前の娘御が、あんときのお姫様で」

「親方どの、御家人の娘にお姫様はございません。あの折りの貧乏御家人の娘です」

「驚いた」

鉄五郎が正直な気持ちを吐露し、

「幸吉、二階の小座敷に、品川様と椎葉様を案内しねえ」

と命じた。

花がない冬の季節、宮戸川の二階座敷の柱に、赤い実をつけた藪柑子（やぶこうじ）の一枝が一輪挿しに挿されてあった。そこだけがぽおっと映えて、柳次郎には夢幻のように思えた。

幸吉が三人の座を作り、幾代とお有の間に火鉢を寄せたとき、女将（おかみ）のおさよが茶を運んできた。

「品川様、ようこそいらっしゃいました」

「女将さん、母上は初めてかな。こちらは椎葉お有どのです」

と二人の女を紹介し、

「母上が一度でよいから宮戸川の鰻をお店で食したいと申されるゆえ、お有どのともどもお連れしました」

と説明した。

「それは有難うございます。品川様、本日はなんぞ目出度きことでもございましたか」

「なぜそのようなことを訊かれるな」

「いえ、品川様のお顔が余りにも晴れやかですからね」

おさよの視線がついお有にいった。

「女将さん、慎ましやかなことにございますが、なくもございません」

と応えたのは幾代だ。

「品川家の当主に柳次郎が内々に決まりました」

「これはお目出度いことですよ」

とおさよが声を張り上げ、まだそこにいた幸吉に、

「幸吉、熱燗のお酒を仕度なさい」

と命じた。

二階の小座敷に酒と奈良漬が運ばれ、

「鰻の蒲焼は焼きあがるのに時間がかかります。もう昼の時分も峠を越えました。そのうち、うちのも参ります。どうぞゆっくりとして行ってくださいませ」

とおさよが付きっ切りで酌をしてくれた。

階下から鰻の焼けるなんとも食欲をそそる香りが漂ってきた。するとお有が愛らしい小鼻をひくつかせて、

「お行儀が悪いのは分かっていますが、なんといい香りにございましょう。幾代様、私は未だ鰻の蒲焼を味わったことがございません」

と言い出した。

「この宮戸川の親方が蒸し方やら焼き方を工夫なされ、秘伝のたれに漬けて焼く加減がまたよろしいのだ。宮戸川の鰻は食通の町人ばかりか、大名家にも愛好家がおられてな」

と柳次郎がおさよに代わって説明をした。

「品川様、お待たせしました」

と鉄五郎自ら焼き立ての蒲焼を運んできた。その後ろには幸吉も熱燗の酒を持って従っていた。

小座敷に蒲焼の香りが漂い、そこにいる人々を幸せな気分に導いた。

「親方自ら恐縮な」

「目出度い話というじゃございませんか。もう昼の客は大半が食べ終わってまさ

あ。わっしに酌をさせてくんねえな」

と三人の盃に酒を注いだ。

「親方、女将さん、一緒に祝うてもらえませんか」

心得た幸吉が鉄五郎とおさよに盃を配り、幾代と柳次郎が二人の盃に酒を注いだ。

「品川様、よう辛抱なされましたな。大変なこともございましたでしょうが、これからきっといいことが沢山ございますよ」

「そうであろうか」

「まずは品川家相続祝着にございます」

という親方の音頭で酒が飲み干された。

「ささっ、鰻は熱々がなにより美味しゅうございます。幾代様、椎葉様のお嬢様、召し上がってくださいな」

と鉄五郎とおさよが勧め上手ぶりを発揮し、二人の女たちが、

「頂戴します」

と箸を付けて、

「これは美味な」

「このようにも美味しいものとは想像もしませんでした」

とロ々に言い、

「料理人冥利に尽きますぜ」

と親方が顔を綻(ほころ)ばせた。

「親方、此度、それがしが品川家を相続した背景には、今津屋、佐々木玲圓先生、速水左近様の尽力があってのことなのです」

と柳次郎が正直に経緯(いきさつ)を告げた。

「その上、今津屋の由蔵どのが札差に掛け合うて、父上が前借りなされた書き付け証文まで取り返してくだされた。わが品川家は久しく扶持米など入らなかったが、来春から七十俵五人扶持が復活いたすのです」

「重ね重ねお目出度いことですね」

鉄五郎が柳次郎に酒を新たに注ぎ、幸吉が、

「柳次郎さん、幾代様、もう内職とは縁が切れますね」

と深川育ちの遠慮のなさで言った。

「これ、幸吉、なんということを」

と慌てるおさよに、

「女将さん、構いませんよ」

と笑みで応えた幾代が、

「幸吉どの、たしかに扶持米は今津屋様のお力で取り戻せましたがな、柳次郎にどこぞから嫁を迎える算段もしなければなりません。これまでどおり二人して内職をしながら、嫁女どのが参られたときに金子の苦労をかけぬよう気張りますよ」

「えっ、これからも内職は続くのですか」

愕然とする柳次郎に、

「これ、柳次郎、父や兄のように貧乏を嫌うて逃げ出しては、益々貧乏神と仲良うすることになりますよ」

と言って窘めた。

「そうか、内職は続くのか。これでは嫁の来手はございますまい」

悄然と肩を落とした柳次郎の落胆ぶりにお有が、

「柳次郎様に嫁の来手がなければ、私が嫁に参ります。いけませぬか」

と言い出し、

「えっ！」

と驚きの声を発した柳次郎の顔が一気に晴れやかに変わった。

「おさよ、目出度いことは重なるものだな。これでさ、坂崎さんとおこんさんがおられれば、もはや言うことなしだがな」

「いかにも親方」

柳次郎が満面の笑みを湛えたところに、外から大声が響き渡った。

「柳次郎！　どういう風の吹き回しじゃ。昼間っから宮戸川で鰻を食し、酒を飲むなど、なんぞあったか！」

傍若無人な大声が、六間堀界隈に響き渡った。言わずと知れた竹村武左衛門だ。

「あああっ」

と悲鳴を上げたのは幾代だ。

「そなたにあの貧乏神どのさえついておられなければ、もう少し早く出世の道も開けたでしょうに」

「母上、竹村の旦那がおったればこそ、坂崎さんとも知り合い、今津屋、佐々木先生、速水様方のご親切も受けることと相成ったのです。貧乏神と思えば、貧乏神かもしれません。ですが、母上、竹村の旦那は、われらにどれほど生きる力を授けてくれたことか」

「倅の柳次郎さんは大した人物ですぜ、幾代様」
と鉄五郎が感心するところに、乱暴な足音が階段に鳴り響き、障子が、
さっ
と開かれて、この寒の季節、単衣の上に綿入れの袖無しを重ねただけの武左衛門が姿を見せた。
「柳次郎、おれが駒留橋の石垣積みに精を出しておるとき、そなたらは宮戸川で飲み食いなどしておるか」
と言いつつ、
どさり
と座敷の隅に腰を下ろしたとき、幾代と視線が合って、
「これは母御もおられたか」
と土埃だらけの頭をぺこりと下げた。
「竹村どの、そなたに礼儀作法を説いたところで無駄なこと、本日はちと目出度きことがあって贅沢をさせてもろうております。そなた様もご相伴くだされ」
と許しを与えた。すかさずおさよが盃を武左衛門の前に差し出したが、
「女将、駆け付け三杯と申すが、どうせなら茶碗の茶を捨ててその茶碗で酒をく

だされ」

　と願い、幾代が両目を閉じて嘆息した。

　武左衛門を加えて座がさらに賑やかになった。

「おれは心配したのだぞ。そなたと母御が北割下水の屋敷を追い出されたなら、長屋の世話をせねばなるまいと、あちらこちらに声をかけておいた」

「要らぬ気遣いをさせたな」

「父も兄も見捨てた品川家を柳次郎が継ぐか」

「竹村の旦那、おれだって言わないことをまあ、無遠慮に言うね。ちったあ、その口に遠慮はないのかい」

　幸吉が文句を言ったが、すでに何杯か茶碗酒を飲んだ武左衛門は柳に風の風情だ。

「幸吉どの、世の中には、どうにもならぬことがございます。竹村武左衛門という御仁を真人間にするのは、天と地をひっくり返すより難儀です。諦めなされ」

「全くだ」

　と幾代と幸吉が言い合った。

　夕暮れ前、椎葉お有に蒲焼の土産が持たされ、柳次郎が平川町の屋敷まで送っていくことになった。

「なんだ、柳次郎。そなた、古い友を見捨ててどこぞに参るのか。ところでその女性、何者だ」

「いいからいいから、旦那はここで、残り酒を飲んでな」

と幸吉に諭されて、柳次郎とお有は宮戸川を出た。

二人が両国橋に差しかかったとき、

びゅっ

と音を立てて北風が二人に吹きつけた。

柳次郎が提げた鰻の蒲焼の匂いが橋の上に漂った。

「久しぶりに本所深川の暮らしを見て、がっかりしたのではないか」

柳次郎の問いにお有が顔を振り、

「家格や禄高を張り合う麹町の武家地より、どんなに気楽でしょう」

と答えた。

「そうか、そうかな」

「柳次郎様、私にはこの両国橋、幸せを呼ぶ橋にございます」

なぜか、と問いかけようとした柳次郎は、

（そうだ、お有どのと再会した橋だった）

と気付いた。

「お有どの、それがしにも間違いなく幸せを呼ぶ橋じゃ」

二人は笑みを交わし合うと、肩を並べて両国西広小路へ歩き出した。

橋の上を北風が吹き抜けていた。

胸にほんのり明かりが灯った柳次郎とお有には、寒さなど感じなかった。

「恐れ入谷の鬼子母神」

お有の口から突然駄洒落が洩れた。

「そうで有馬の水天宮」

柳次郎が応じた。

幼い頃、意味も分からずに掛け合って遊んでいた駄洒落だ。

「蟻が鯛なら芋虫、鯨」

「お寺の引越し、墓いかない」

とさらに交互に続けたお有と柳次郎は顔を見合わせ、同時に叫んだ。

「片足や本郷へ行くわいな！」

この作品は双葉文庫のために書き下ろされました。

双葉文庫

さ-19-22

居眠り磐音 江戸双紙
いねむ いわね えどぞうし

荒海ノ津
あらうみ つ

2007年4月20日 第1刷発行
2012年3月21日 第27刷発行

【著者】
佐伯泰英
さえきやすひで

【発行者】
赤坂了生

【発行所】
株式会社双葉社
〒162-8540 東京都新宿区東五軒町3番28号
［電話］03-5261-4818(営業) 03-5261-4833(編集)
www.futabasha.co.jp
(双葉社の書籍・コミックが買えます)

【印刷所】
大日本印刷株式会社

【製本所】
株式会社宮本製本所

【表紙・扉絵】南伸坊
【フォーマット・デザイン】日下潤一
【フォーマットデジタル印字】飯塚隆士

落丁・乱丁の場合は送料双葉社負担でお取り替えいたします。
「製作部」宛にお送りください。
ただし、古書店で購入したものについてはお取り替えできません。
［電話］03-5261-4822（製作部）

定価はカバーに表示してあります。

ISBN978-4-575-66278-8 C0193
Printed in Japan

佐伯泰英

居眠り磐音（いわね） 江戸双紙
陽炎ノ辻（かげろうのつじ）

長編時代小説
〈書き下ろし〉

直心影流の達人坂崎磐音が巻き込まれた、幕府を揺さぶる大事件！ 颯爽と悪を斬る、著者渾身の痛快時代小説！ 大好評シリーズ第一弾。

佐伯泰英

居眠り磐音（いわね） 江戸双紙
寒雷ノ坂（かんらいのさか）

長編時代小説
〈書き下ろし〉

内藤新宿に待ち受けていた予期せぬ大騒動。深川六間堀で浪々の日々を送る好漢・坂崎磐音が振う直心影流の太刀捌き！シリーズ第二弾。

佐伯泰英

居眠り磐音（いわね） 江戸双紙
花芒ノ海（はなすすきのうみ）

長編時代小説
〈書き下ろし〉

安永二年、初夏。磐音にもたらされた国許、豊後関前藩にたちこめる、よからぬ風聞。亡き友の想いを胸に巨悪との対決の時が迫る。シリーズ第三弾。

佐伯泰英

居眠り磐音（いわね） 江戸双紙
雪華ノ里（せっかのさと）

長編時代小説
〈書き下ろし〉

許婚、奈緒を追って西海道を急ぐ直心影流の達人、坂崎磐音。その前に立ち塞がる異形の僧……。大好評痛快時代小説シリーズ第四弾。

佐伯泰英

居眠り磐音（いわね） 江戸双紙
龍天ノ門（りゅうてんのもん）

長編時代小説
〈書き下ろし〉

相も変らぬ浪人暮らしの磐音だが、正月早々、江戸を震撼させた大事件に巻き込まれる。大好評痛快時代小説シリーズ第五弾。

佐伯泰英

居眠り磐音（いわね） 江戸双紙
雨降ノ山（あふりのやま）

長編時代小説
〈書き下ろし〉

夏を彩る大川の川開きの当日、花火見物の納涼船の護衛を頼まれた磐音は、思わぬ女難に見舞われる。大好評痛快時代小説シリーズ第六弾。

佐伯泰英

居眠り磐音（いわね） 江戸双紙
狐火ノ杜（きつねびのもり）

長編時代小説
〈書き下ろし〉

両替商・今津屋のはからいで紅葉狩りにでかけた磐音一行は、不埒な直参旗本衆に付け狙われる。大好評痛快時代小説シリーズ第七弾。

佐伯泰英
居眠り磐音（いわね）江戸双紙
朔風（さくふう）ノ岸
長編時代小説〈書き下ろし〉
南町奉行所年番方与力に請われて、磐音は江戸を騒がす大事件に関わることに。居眠り剣法が春風に舞う。大好評痛快時代小説シリーズ第八弾。

佐伯泰英
居眠り磐音（いわね）江戸双紙
遠霞（えんか）ノ峠
長編時代小説〈書き下ろし〉
奉公にでた幸吉に降りかかる災難。一方、豊後関前藩の物産を積んだ一番船が江戸に向かう。大好評痛快時代小説シリーズ第九弾。

佐伯泰英
居眠り磐音（いわね）江戸双紙
朝虹（あさにじ）ノ島
長編時代小説〈書き下ろし〉
炎暑が続く深川六間堀。楊弓場の朝次から、行方知れずの娘芸人を捜してくれと頼まれた坂崎磐音は……。大好評痛快時代小説シリーズ第十弾。

佐伯泰英
居眠り磐音（いわね）江戸双紙
無月（むげつ）ノ橋
長編時代小説〈書き下ろし〉
秋の深川六間堀、愛刀包平の研ぎを頼んだことで思わぬ騒動に。穏やかな磐音の人柄に心が和む、大好評痛快時代小説シリーズ第十一弾。

佐伯泰英
居眠り磐音（いわね）江戸双紙
探梅（たんばい）ノ家
長編時代小説〈書き下ろし〉
雪が舞う深川六間堀、金兵衛長屋の浪人坂崎磐音は御府内を騒がす押し込み探索に関わり……。大好評痛快時代小説シリーズ第十二弾。

佐伯泰英
居眠り磐音（いわね）江戸双紙
残花（ざんか）ノ庭
長編時代小説〈書き下ろし〉
水温む江戸の春、日暮里界隈に横行する美人局騒ぎで、坂崎磐音は同心木下一郎太を手助けすることに。大好評痛快時代小説シリーズ第十三弾。

佐伯泰英
居眠り磐音（いわね）江戸双紙
夏燕（なつつばめ）ノ道
長編時代小説〈書き下ろし〉
両替商今津屋の老分番頭由蔵らと日光社参に随行することになった磐音だが、出立を前に思わぬ事態が出来する。大好評シリーズ第十四弾。

佐伯泰英

居眠り磐音　江戸双紙
驟雨ノ町

長編時代小説
〈書き下ろし〉

助力の礼にと招かれた今津屋吉右衛門らの案内役として下屋敷に向かった磐音は、父正睦より予期せぬことを明かされる。大好評シリーズ第十五弾。

佐伯泰英

居眠り磐音　江戸双紙
螢火ノ宿

長編時代小説
〈書き下ろし〉

小田原脇本陣・小清水屋の長女お香奈と大塚左門が厄介事に巻き込まれる。一方、白鶴太夫にも思わぬ噂が……。大好評シリーズ第十六弾。

佐伯泰英

居眠り磐音　江戸双紙
紅椿ノ谷

長編時代小説
〈書き下ろし〉

菊花薫る秋、両替商・今津屋吉右衛門とお佐紀の祝言に際し、花嫁行列の案内役を務めることになった磐音だが……。大好評シリーズ第十七弾。

佐伯泰英

居眠り磐音　江戸双紙
捨雛ノ川

長編時代小説
〈書き下ろし〉

坂崎磐音と品川柳次郎は南町奉行所定廻り同心・木下一郎太に請われ、賭場の手入れに関わることに……。大好評シリーズ第十八弾。

佐伯泰英

居眠り磐音　江戸双紙
梅雨ノ蝶

長編時代小説
〈書き下ろし〉

佐々木玲圓道場改築完成を間近に控えたある日、坂崎磐音と南町奉行所定廻り同心・木下一郎太は火事場に遭遇し……。大好評シリーズ第十九弾。

佐伯泰英

居眠り磐音　江戸双紙
野分ノ灘

長編時代小説
〈書き下ろし〉

墓参のため、おこんを同道して豊後関前への帰国を願う父正睦の書状が届く。一方、磐音を狙う新たな刺客が現れ……。大好評シリーズ第二十弾。

佐伯泰英

居眠り磐音　江戸双紙
鯖雲ノ城

長編時代小説
〈書き下ろし〉

御用船の舳先に立つ磐音とおこんは、断崖に聳える白鶴城を望んでいた。折りしも、関前でよからぬ事が出来し……。大好評シリーズ第二十一弾。

坂岡真
照れ降れ長屋風聞帖
大江戸人情小太刀
長編時代小説〈書き下ろし〉

江戸堀江町、通称「照れ降れ町」の長屋に住む浪人、浅間三左衛門。疾風一閃、富田流小太刀の妙技が人の情けを救う。シリーズ第一弾。

坂岡真
照れ降れ長屋風聞帖
残情十日の菊
長編時代小説〈書き下ろし〉

浅間三左衛門と同じ長屋に住む下駄職人の娘に舞い込んだ縁談の裏に、高利貸しの暗躍が。富田流小太刀で救う江戸模様。シリーズ第二弾。

坂岡真
照れ降れ長屋風聞帖
遠雷雨燕（えんらいあまつばめ）
長編時代小説〈書き下ろし〉

孝行者に奉行所から贈られる「青緡五貫文」。そのために遊女にされた女が心中を図る。裏には町役の企みが。好評シリーズ第三弾。

坂岡真
照れ降れ長屋風聞帖
富の突留札（とみのつきどめふだ）
長編時代小説〈書き下ろし〉

突留札の百五十両が、おまつ達に当たった。用心棒を頼まれた浅間三左衛門は、換金した帰り道で破落戸に襲われる。好評シリーズ第四弾。

坂岡真
照れ降れ長屋風聞帖
あやめ河岸
長編時代小説〈書き下ろし〉

浅間三左衛門の投句仲間で定廻り同心に戻った八尾半四郎が、花魁・小紫にからんだ魚問屋の死の真相を探る。好評シリーズ第五弾。

坂岡真
照れ降れ長屋風聞帖
子授け銀杏（いちょう）
長編時代小説〈書き下ろし〉

境内で腹薬を売る浪人、田川頼母の死体が川に浮いた。事件の背景を探る浅間三左衛門の怒りが爆発する。好評シリーズ第六弾。

坂岡真
照れ降れ長屋風聞帖
仇（あだ）だ桜
長編時代小説〈書き下ろし〉

幕府の役人が三人斬殺されたが、浅間三左衛門には犯人の心当たりがあった。三左衛門の過去の縁に桜花が降りそそぐ。シリーズ第七弾。

鈴木英治

口入屋用心棒
逃げ水の坂

長編時代小説
〈書き下ろし〉

仔細あって木刀しか遣わない浪人、湯瀬直之進は、江戸小日向の口入屋・米田屋光右衛門の用心棒として雇われる。好評シリーズ第一弾。

鈴木英治

口入屋用心棒
匂い袋の宵

長編時代小説
〈書き下ろし〉

湯瀬直之進が口入屋の米田屋光右衛門から請けた仕事は、元旗本の将棋の相手をすることだったが……。好評シリーズ第二弾。

鈴木英治

口入屋用心棒
鹿威し（ししおど）の夢

長編時代小説
〈書き下ろし〉

探し当てた妻千勢から出奔の理由を知らされた直之進は、事件の鍵を握る殺し屋、倉田佐之助の行方を追うが……。好評シリーズ第三弾。

鈴木英治

口入屋用心棒
夕焼けの甍（いらか）

長編時代小説
〈書き下ろし〉

佐之助の行方を追う直之進は、事件の背景にある藩内の勢力争いの真相を探る。折りしも沼里城主が危篤に陥り……。好評シリーズ第四弾。

鈴木英治

口入屋用心棒
春風（はるかぜ）の太刀

長編時代小説
〈書き下ろし〉

深手を負った直之進の傷もようやく癒えはじめた折りも折り、米田屋の長女おあきの亭主甚八が事件に巻き込まれる。好評シリーズ第五弾。

鈴木英治

口入屋用心棒
仇討ちの朝

長編時代小説
〈書き下ろし〉

倅の祥吉を連れておあきが実家の米田屋に戻った。そんな最中、千勢が勤める料亭・料永に不吉な影が忍び寄る。好評シリーズ第六弾。

鈴木英治

口入屋用心棒
野良犬の夏

長編時代小説
〈書き下ろし〉

湯瀬直之進は米の安売りの黒幕島丘伸之丞を追う的場屋登兵衛の用心棒として、田端の別邸に泊まり込むが……。好評シリーズ第七弾。

高橋三千綱　右京之介助太刀始末　**お江戸は爽快**　晴朗長編時代小説

颯爽たる容姿に青空の如き笑顔。何処からともなく現れた若侍が、思わぬ奇策で悪を懲らしめる。痛快無比の傑作時代活劇見参!!

高橋三千綱　右京之介助太刀始末　**お江戸の若様**　晴朗長編時代小説

五年ぶりに江戸に戻った右京之介、放浪先での事件が発端で越前北浜藩の抜け荷に絡む事件に巻き込まれる。飄々とした若様の奇策とは?!

高橋三千綱　右京之介助太刀始末　**お江戸の用心棒(上)**　長編時代小説　文庫オリジナル

右京之介に国元からやってくる鈴姫の警護を頼もうとしていた柏原藩江戸留守居役の福田孫兵衛だが、なぜか若様の片棒を担ぐ羽目に。

高橋三千綱　右京之介助太刀始末　**お江戸の用心棒(下)**　長編時代小説　文庫オリジナル

弥太が連れてきた口入れ屋井筒屋から、女辻占い師の用心棒をしてほしいと頼まれた右京之介は、その依頼の裏に不穏な動きを察知する。

千野隆司　主税助(ちからのすけ)捕物暦　**夜叉追い**　長編時代小説〈書き下ろし〉

江戸市中に難事件が勃発した。鏡心明智流免許皆伝の定町廻り同心・主税助が探索に奔る。端正にして芳醇な新捕物帳！　シリーズ第一弾。

千野隆司　主税助(ちからのすけ)捕物暦　**天狗斬り**　長編時代小説〈書き下ろし〉

島送りの罪人を乗せた唐丸駕籠が何者かに襲われ、捕縛に向かった主税助の前に本所の大天狗と怖れられる浪人の姿が……。シリーズ第二弾。

千野隆司　主税助(ちからのすけ)捕物暦　**麒麟(きりん)越え**　長編時代小説〈書き下ろし〉

「大身旗本の姫を知行地まで護衛せよ」が奉行から命じられた別御用だった。攫われた姫を追って敵の本拠地・麒麟谷へ！シリーズ第三弾。